CO

D1209705

Œuvre en couverture : *A Hare in the Forest*, Hans Hoffman, vers 1585, gracieuseté du Getty Museum.

Catalogage avant publication de Bibliothèque et Archives nationales du Québec et de Bibliothèque et Archives Canada

Ferron, Jacques, 1921-1985

    L'amélanchier

    Édition originale : Montréal : Éditions du Jour, [1970].

    Publié à l'origine dans la collection : Les Romanciers du jour.

    ISBN 978-2-89295-411-1

    I. Titre.

PS8511.E76A74 2014   C843'.54   C2014-941017-4
PS9511.E76A74 2014

ÉDITIONS TYPO
Groupe Ville-Marie Littérature inc.*
1010, rue de La Gauchetière Est
Montréal (Québec) H2L 2N5
Tél. : 514 523-7993, poste 4201
Téléc. : 514 282-7530
Courriel : vml@groupevml.com
Vice-président à l'édition : Martin Balthazar

DISTRIBUTEUR :
Les Messageries ADP inc.*
2315, rue de la Province
Longueuil (Québec) J4G 1G4
Tél. : 450 640-1234
Téléc. : 450 674-6237
* filiale du Groupe Sogides inc.,
filiale de Québecor Média inc.

Les Éditions Typo bénéficient du soutien de la Société de développement des entreprises culturelles du Québec (SODEC) pour son programme d'édition. Gouvernement du Québec – Programme de crédit d'impôt pour l'édition de livres – Gestion SODEC.

Nous reconnaissons l'aide financière du gouvernement du Canada par l'entremise du Fonds du livre du Canada pour nos activités d'édition.

Nous remercions le Conseil des arts du Canada de l'aide accordée à notre programme de publication.

Dépôt légal : 2e trimestre 2014

L'AMÉLANCHIER

JACQUES FERRON

L'amélanchier

TYPO
Une société de Québecor Média

Préface

TINAMER AU PAYS DE MÉMOIRE

AVEC LE RECUL qu'offre le temps, ce petit livre, paru d'abord en 1970, résonne sans conteste comme le chef-d'œuvre de l'abondante production de Jacques Ferron. Pierre Vadeboncœur, son camarade de collège, n'avait pas attendu si longtemps pour le proclamer, dans une lettre qu'il lui adressa peu de temps après la parution de *L'amélanchier*. Cette lettre ne nous est pas accessible, mais l'essayiste en reparle dans ses *Deux royaumes* (1978): « [Je] lui ai dit par le plus court que c'était un chef-d'œuvre. Qu'est-ce qu'un chef-d'œuvre? La question est oiseuse. »

C'est pourtant à cette question que je voudrais tenter de répondre ici, de façon à orienter, s'il se peut, la lecture (ou la relecture) que l'on s'apprête à faire de *L'amélanchier*, non par une argumentation théorique, mais par ce que tout chef-d'œuvre nous propose d'office: la plongée profonde dans une vérité primordiale pour parvenir à laquelle l'écrivain n'a à sa disposition que son art, qu'il porte à son plus haut d'incandescence.

Paul Valéry, poète favori de l'auteur (il faut se rappeler le rôle qu'il lui confie dans *La charrette*), a passé plus de vingt années de sa vie à essayer de modifier un seul mot dans la *Phèdre* de Racine. Il n'y est point parvenu: *Phèdre* était bien un chef-d'œuvre. C'est à un jeu semblable que nous nous sommes livré, avec le même résultat: l'impératif de l'art était sauf. Cette exigence est le sens même de l'existence de « l'œuvre chef-d'œuvre ». En effet, celle-ci n'a d'autre référence qu'elle-même; on ne trouve ses assises essentielles ni dans la biographie de son auteur (même si ce dernier y puise parfois son inspiration), ni dans ses œuvres antérieures ou celles d'autres écrivains (même s'il en tire souvent profit). Pour tout dire, l'œuvre parfaite est un socle pour elle-même; elle est autonome et absolue.

Ce n'est pas la moindre qualité de l'écriture de *L'amélanchier*, ensuite, que d'épouser la musicalité propre au lyrisme. C'est par son rythme qu'il est poème autant que récit, qu'il exprime autant qu'il raconte. Toutes les reprises de mots, de phrases, d'images, de scènes entières contribuent à son effet incantatoire. On ne peut en suivre la progression, toute d'harmonie et de récurrences sonores, que comme celle de véritables vers. Il faut attendre le chapitre onzième pour que se noue le drame central (avec une évidente modulation de la tonalité): la « séparation » du père et de la fille, à la suite de l'entrée de Tinamer à l'école – comme si elle était punie de se retrouver désormais du « mauvais côté des choses ». Tinamer fait du même coup la découverte qu'au-delà de son sous-bois enchanté se trouve le plus funeste des mondes: une autoroute démentielle, un fleuve pollué, une ville de gratte-ciel. C'est le moment que choisit la narratrice pour réfléchir, en cette halte tragique, sur son propre style, qui devient plus narratif et moins lyrique, parfois même administratif, se concentrant sur les événements plutôt que sur les images – il ne reprendra sa teneur musicale et lyrique qu'aux derniers instants de l'œuvre, comme un retour obligé et déchirant aux rêveries de l'enfance.

Jusque-là, rien de très étranger, dira-t-on, aux autres œuvres de l'auteur, qui a constamment recours à ces procédés. Mais la singularité de *L'amélanchier* vient de ce que la narration en est assurée par une voix féminine. Le filet à la fois fébrile et désinvolte de son chant assure l'unité du fabuleux récit dont elle est issue et qu'elle crée à la fois. Tinamer, mémorialiste et héroïne de sa propre histoire, a vingt ans et se penche sur son enfance, ce grand songe où l'a fait vivre son père. Situation d'écriture banale – les bibliothèques en sont pleines –, mais quelle sublime extravagance dans l'accent emprunté par elle pour le dire ! Non seulement dans l'originalité de son « parcours », mais – et surtout – dans la texture chatoyante de ce qu'il faut bien appeler sa rhétorique, allant du burlesque à la tragédie. Le chef-d'œuvre est de la sorte une œuvre si ouverte qu'elle absorbe toutes les interprétations possibles, aussi bien dans l'espace que dans le temps.

Parmi les qualités du chef-d'œuvre et les marques auxquelles on le reconnaît, il y a cette grâce subtile avec laquelle chacun de ses éléments entre souplement en contact avec tous les autres. On suivra particulièrement ici la double mise en abyme : Tinamer au pays de mémoire est répétée d'*Alice aux pays des merveilles* et de la chronique relative à la malheureuse Marie Mahon. La narratrice rencontre, dans son sous-bois féerique, le lapin du récit de Lewis Carroll (sous l'apparence de Monsieur Northrop) et le saint protecteur de Marie (Messire Hubert Robson), mais elle les confond tous les deux. De cette confusion, le lecteur averti n'est pas dupe et mêle à son tour l'histoire d'Alice et de Marie à celle de Tinamer dans une prodigieuse architectonique de sens.

Entre ces trois histoires se situe l'introduction du Maître Petroni, Italien de nation, soi-disant propriétaire des lieux (le sous-bois); se mettent alors en place les éléments du rêve de Tinamer, qui marquera l'éveil de sa mémoire, et par conséquent de sa conscience : la bécasse et les poules. En viendra aussi l'expression italienne *che naso brutto!* («quel vilain nez!») – dont j'ai longtemps pensé qu'elle pouvait venir du *Pinocchio* de Collodi; en réalité, elle vient d'un livre français de Jacques Cazotte, *Ollivier* (1763), que Ferron affectionnait particulièrement et dont Tinamer nous dit garder un exemplaire sur sa table de travail et s'en être inspirée.

À ces histoires emmêlées répond une histoire inversée, celle de Coco, enfant sans mémoire, victime de l'institution psychiatrique, auquel est significativement consacré le chapitre le plus long – de telle sorte qu'on se demande à la fin si ce n'est pas lui, le héros capital du récit (c'est lui, en tout cas, qui, à la fin, sera l'ange gardant la porte du paradis perdu, brandissant son glaive de lumière au point de faire disparaître l'amélanchier).

Par deux fois dans son conte, l'auteur emploie (sous la plume de Tinamer) la formule typique du conte traditionnel à l'instant fulgurant de la métamorphose (épisode qui, plus que tout autre, en fait un véritable conte): *Ce fut alors que...* La première fois, c'est au moment du rêve de Tinamer; la seconde, lorsque Coco monte la garde à la porte du paradis, à la toute fin de l'œuvre. Ces deux occurrences se répondent en écho pour marquer le sens complet du récit. C'est alors que les mots dans leur sonorité, les phrases dans leur mélodie, les images dans leur limpidité se croisent, se répondent, se multiplient d'un bout à l'autre du texte pour constituer cette musique polyphonique qui est à elle seule toute la poésie.

Dans le même procédé de composition, l'histoire de Tinamer est doublée par le récit que lui fait son père du surgissement de sa propre mémoire d'enfant, mémoire qu'il étend et dilue dans une autre, venue du fond des âges: le mythe de l'arrivée des ancêtres dans le comté de Maskinongé et ses multiples variations. Ce récit prend alors la forme d'un poème en vers libres (sa *Bible*, comme Léon la nomme) et brille ainsi qu'un reflet de la prose poétique de Tinamer.

C'est dans ce contexte de significations croisées que le mot « amélanchier » frappe, d'abord par sa rareté: peu de dictionnaires, en effet, le répertorient; peu de lecteurs en connaissent le sens avant d'avoir lu l'œuvre. Ce mot est en fait l'un des rares vocables du lexique français à venir en droite ligne du gaulois (une cinquantaine environ, presque tous des noms d'arbres locaux que le latin n'avait pu servir à désigner). Par son origine et sa curiosité, l'arbuste féerique plonge ainsi ses racines dans la plus haute mémoire, qui se révèle être le sujet même du récit, et confirme de la sorte que tous ses éléments, depuis le titre jusqu'à la structure globale, s'harmonisent de significative façon. L'amélanchier est l'arbre généalogique par excellence, celui de Tinamer et de Léon. Mémoire fragile d'un pays « incertain ». La naïve épigraphe, tirée de *La flore laurentienne* du frère Marie-Victorin, est là comme une clé de voûte pour indiquer et assurer l'unité des multiples piliers et desseins de l'œuvre.

Au total, *L'amélanchier* est le brûlant réquisitoire de l'un des derniers notables de l'univers traditionnel québécois, nourri « de contes et de chansons » devant la futilité d'un monde bouleversé qui aura conduit à l'insignifiance et au désenchantement. Mais ce réquisitoire est lui-même enchantement. Chef-d'œuvre.

J.M.
novembre 2013

Avant-propos

L'AMÉLANCHIER EST SANS DOUTE celle des œuvres de mon père qui m'a le plus touchée. Il faut dire que le cadre évoqué par Tinamer dans le récit est celui qu'il avait créé pour notre enfance : en 1956, la maison du domaine Bellerive avait été choisie parce qu'elle se trouvait en bordure d'un bois, exacte réplique de celui qui est décrit dans le livre, et mon père s'empressa par diverses plantations de nous cacher à la vue de la rue. Cette barrière de cèdres, de vinaigriers, d'érables et de peupliers devint bientôt si dense qu'il arriva à un ami de s'y perdre en quittant la maison. Le bon et le mauvais côtés des choses existaient donc, de même que le clan des de Portanqueu qu'il avait inventé pour nous et qui doublait notre famille en l'agrandissant, incluant chiens, chats et amis.

J'ai longtemps été sa première lectrice : en effet, au printemps 1969, alors qu'il venait de terminer *Le ciel de Québec*, ma mère, qui avait été jusque-là sa copiste attitrée, déclara forfait. Il demanda donc à l'une de ses patientes de dactylographier cet imposant manuscrit. Elle lui rendit un document qui n'avait plus rien à voir avec le texte original. Nous n'en fûmes pas surpris : depuis qu'il avait trouvé un relieur qui avait massacré de fort belles éditions de livres anciens, nous n'avions que peu de confiance dans la main-d'œuvre qu'il recrutait.

J'avais quinze ans, un grand besoin d'argent de poche, il me proposa donc d'effectuer le travail. Et c'est ainsi que je devins sa copiste et que je le demeurai au long des années. Je n'avais aucune formation en ce sens et si je parvins, grâce à une méthode d'apprentissage, à acquérir la maîtrise du clavier et une certaine célérité, le fait qu'une virgule soit placée ici ou là, ou même qu'un mot en remplace un autre, n'avait pour moi qu'une importance relative. Cette carence dérangeait assez peu mon père pour qui le travail de préparation à l'édition était une étape ennuyeuse et qui était fort heureux d'avoir réglé une fois pour toutes la délicate question du secrétariat.

C'est ainsi qu'en 1970 j'ai tapé le manuscrit de *L'amélanchier*. À l'automne de 1985, quand Jacques Lanctôt proposa une nouvelle édition de l'œuvre dans une collection de poche – les tirages étant tous épuisés –, j'étais donc fort consciente de la nécessité de rétablir le texte original en revenant au manuscrit et aux épreuves, de façon à éliminer les modifications qui étaient de mon cru. Cette « restauration » est maintenant chose faite pour *L'amélanchier*; elle reste à faire pour les autres œuvres de Jacques Ferron.

MARIE FERRON

À Jean Marcel

Les amélanchiers mériteraient
d'être cultivés à cause de leur beauté
au moment de la floraison et de l'attrait
qu'ils exercent sur les oiseaux.

LE R.F. MARIE-VICTORIN

CHAPITRE PREMIER

JE ME NOMME TINAMER[1] de Portanqueu. Je ne suis pas fille de nomades ou de rabouins, mon enfance fut fantasque mais sédentaire de sorte qu'elle subsiste autant par ma mémoire que par la topographie des lieux où je l'ai passée, en moi et hors de moi. Je ne saurais me dissocier de ces lieux sans perdre une part de moi-même. « Ah ! disait mon père, je plains les enfants qui ont grandi en haute mer. » Fin causeur et fils de cultivateur, il se nommait Léon, Léon de Portanqueu, esquire, et ma mère, ma douce et tendre mère, Etna. Je suis leur fille unique.

Mon enfance je décrirai pour le plaisir de me la rappeler, tel un conte devenu réalité, encore incertaine entre les deux. Je le ferai aussi pour mon orientation, étant donné que je dois vivre, que je suis déjà en dérive et que dans la vie comme dans le monde, on ne dispose que d'une étoile fixe, c'est le point d'origine, seul repère du voyageur. On est parti avec des buts imprécis, vers une destination aléatoire et changeante que le voyage lui-même se chargera d'arrêter. Ainsi l'on va, encore chanceux de savoir d'où l'on vient.

---

1. Anagramme de Martine, nom de la fille cadette de l'auteur.

Il y avait par-derrière la maison, à l'extrémité du jardin, un bois de repoussis, parsemé de petites clairières, à mi-chemin entre la futaie et le taillis, qui s'étendait sur toute une longueur de terre et quatre ou cinq arpents de largeur ; aéré, bavard et enchanté, il le demeura aussi longtemps que j'ignorai ses limites et les miennes. Seule, je ne m'y aventurais guère, craignant de me perdre, mais avec mon père, je ne m'inquiétais plus de rien. Nos promenades étaient sans fin et le bois ne me semblait pas avoir d'autre issue que celle du retour qui, immanquablement, nous ramenait à la maison par les mêmes sentiers que nous avions pris pour nous en éloigner. Nous profitions des premiers jours de mai, avant la maringuouinaille, quand le sous-bois fleurit le ciel du printemps, et après, des semaines et des mois du bel automne, quand l'été n'en finit plus de mourir à tous les étages. Le frêne, discret dans ses couleurs, prédominait. Il y avait aussi des ormes, trois espèces de chênes, des bouleaux, des érables, quelques tilleuls, des nerpruns, des charmes, des cornouillers et des aulnes. Sur le pourtour des clairières se pressaient l'amélanchier, le sumac et deux cerisiers qui donnaient l'un des merises, l'autre des cerises ; au milieu poussait l'aubépine, pionnière des reboisements. Tous ces arbres, arbustes, arbrisseaux avaient un langage et parlaient à qui voulait les entendre. Le cornouiller menaçait de ses harts rouges les mauvais enfants. Le bouleau, ne voyant que ses branches et leurs feuilles, brunes et vertes, disait qu'il aurait préféré être blanc. Dans les coins sombres, l'aulne dénonçait l'humidité d'une voix sourde et jaune. De fait, si l'on n'y prenait pas garde, on se mouillait les pieds. Le plus extraordinaire de tous était l'amélanchier.

Dès le premier printemps, avant toute feuillaison, même la sienne, il tendait une échelle aux fleurs blanches du sous-bois, à elles seulement; quand elles y étaient montées, il devenait une grande girandole, un merveilleux bouquet de vocalises, au milieu d'ailes muettes et furtives, qui annonçaient le retour des oiseaux. Monsieur Northrop[2], ayant déboutonné son veston, tiré sa montre de la pochette de son gilet et regardé l'heure, pouvait dire dans sa langue forestière, et sans crainte de se tromper:

— Ouhonnedeurfoule-dé! Ouhonnedeurfoule-dé!

Durant une petite semaine, on ne voyait ni n'entendait que l'amélanchier, puis il s'éteignait dans la verdure, plus un son, parti l'arbre solo, phare devenu inutile. Le bois se mettait à bruire de mille voix en sourdine, puis le loriot chantait et mon père disait à propos de l'amélanchier qu'il s'était retiré: «Laissons-lui la paix: il prépare sa rentrée d'automne.» L'été se passait et que trouvions-nous? Quelques baies noires rabougries, laissées par les oiseaux, et un amélanchier content d'avoir écoulé son stock de minuscules poires pourpres avant notre retour, premier à avoir ouvert la saison, premier à la fermer, qui disait:

—Tout est vendu, revenez l'année prochaine, mais de préférence avec des ailes.

---

2. Personnage inspiré par le Lapin blanc d'*Alice aux pays des merveilles*, de Lewis Carroll et, pour le nom, par Northrop Frye, célèbre critique canadien-anglais.

Avec des ailes? Nous restions là, devant lui, interdits. Il ajoutait:

— Allez, allez, le chêne vous attend: il lui reste des glands.

Monsieur Northrop le nommait saskatoon, cet arbre désinvolte et moqueur, de combine avec les oiseaux, qui ne nous avait pas en très haute considération nous parlant comme à des cochons. Mon père, Léon de Portanqueu, esquire, se penchait alors vers moi:

— Hélas! Tinamer ce sont des choses qui arrivent dans les forêts.

Nos arbres en général étaient bien portants et semblaient satisfaits de leur sort, qu'ils fussent gens de broussaille comme l'aulne, de petit repoussis comme le cornouiller, de théâtre comme l'amélanchier, ou peuple grégaire comme le frêne, ou mât de solitude comme le grand tilleul aux larges feuilles, car, s'étant arrangés entre eux pour se partager le terrain à leurs goûts et convenances, ils n'avaient guère raison de se plaindre. Seule l'aubépine trouvait à redire contre le reboisement dont elle avait été le premier artisan, quand celui-ci lui remplissait ses clairières après ses friches, le faisant passer de l'air libre au confinement, de la lumière au clair-obscur; seul trouvait à en souffrir le pommier. Le bois bavard et enchanté, vantard aussi, voire un peu méchant, prenait son avantage à tout; avec l'aubépine il disait: «Voyez, nous avons déjà été cultivés» – ce que montraient déjà les rigoles d'égouttement dont les sentiers rectilignes suivaient la trace, de même que les longs murs d'épierrement, interminables vestiges d'une peine perdue... Puis le bois se mettait à rire pendant que l'aubépine continuait:

« Gare à mes pointes ! N'approchez pas, je suis armée ; n'approchez pas, je suis fâchée », reprenant contre ses congénères sa mise en garde aux moutons et aux vaches, une mise en garde qui ne valait guère mieux que ses épines contre le feuillu, c'est-à-dire absolument rien, et dont le bois se riait justement. Quant au pommier candide et sans défense, il étouffait tout simplement et le bois enchanté, bavard et méchant, feignant de gémir avec lui, disait :

— Voyez, voyez nous avons… avons été… habités.

Oui, sans doute, mais par qui ? Je pensai d'abord à un personnage familier, vieux monsieur tout frisotté, le nez rond et le visage empreint de la plus grande satisfaction. Chaque fois qu'il m'apercevait, nonobstant son âge et le mien, il me saluait comme une dame ou une grande demoiselle, galant et cérémonieux autant qu'un Anglais peut l'être quand il s'y met, avec une maladresse infinie et touchante. C'en était d'ailleurs un.

— Oui, ma petite dame, ne suis-je pas malheureux ?

Il se nommait Monsieur Northrop. Malheureux, comme je l'ai dit, il n'en avait pas l'air.

— Mon air ! On me parle toujours de mon air ! Eh bien, petite dame, on a tort ; c'est l'air de mon nez rond, de mes cheveux frisottés, de ma peau rose, de ma santé, de tout, sauf le mien.

Je crus qu'il hantait le bois parce qu'il l'avait habité jadis, avant la friche, la fardoche et le repoussis, aux temps ensoleillés de son enfance, parmi les champs et les vergers, et qu'il venait réconforter les pommiers avec qui il aurait eu partie liée, même souffle, même vie. Je supposais qu'il leur disait : « Courage, pauvres pommiers ! Voyez, nous n'avons guère meilleure respiration que vous et pourtant nous sommes en excellente santé. » Je supposais même qu'alors il esquissait quelques pas de danse. L'automne venu, il semblait absolument ravi, lui déjà satisfait, quand il avait ramassé une demi-douzaine de vieilles pommes piquées. Et le bois moqueur s'écriait sur son passage :

— Ouhonnedeurfoule-dé ! Nous sommes encore productifs !

Mais Monsieur Northrop me suppliait de n'en rien croire : « Je suis au contraire tout aussi désolé. »

— À cause de vos pommes ?

— Non, ma petite dame, parce que je suis Anglais.

— Est-ce un si grand malheur ?

— Oui, me répondit-il, car Daniel de Foe[3] a eu raison d'écrire que le bouledogue[4] est hardi, prêt à tout, mais nullement généreux : c'est la vérité.

Le vieux gentleman me quitta sur cet aveu, mais bientôt il s'arrêtait, à quelques pas de moi, le dos tourné, comme un écolier en pénitence. Il en profita pour grignoter ses p'tites pommes surettes. Quand il les eut finies, il entra tout bonnement dans le fourré et disparut de mes yeux. Sa repentance ne m'avait pas édifiée. Lui, ancien agriculteur ? Je commençais à en douter.

Je ne pouvais aller dans le bois sans le rencontrer. À peu près chaque fois, il tirait une grosse montre de la pochette de son gilet, la consultait avec la même satisfaction, chaque fois, en refermant le boîtier et prenait soin de s'arrêter afin de s'assurer qu'il la remettait dans sa pochette ; cela fait, il ne repartait pas

---

3. Daniel Defoe, écrivain anglais, auteur de *Robinson Crusoé* (1719).
4. Emblème de la Grande-Bretagne.

pour autant, vérifiait chacun des boutons de son gilet, refermait son veston et restait là planté comme s'il n'eût plus su où il allait. Un jour que j'accompagnais mon père, il me demanda ce qu'il m'en semblait. Je lui répondis que sa montre lui avait rappelé qu'il n'était pas pressé.

— Ce n'est pas ça, dit mon père.

— Alors je suppose qu'il l'a regardée parce qu'il ne savait pas où aller.

— Ma fille, un Anglais sait toujours où il va.

— Même Monsieur Northrop qui, sous des dehors de satisfaction, est malheureux de l'être au-dedans de sa personne, très profondément?

— Même Monsieur Northrop. Son malheur d'être Anglais ne prouve pas qu'il soit malheureux; par contre, il établit hors de tout doute qu'il est Anglais.

C'était incontestable.

— Si donc il l'est, il n'a qu'un seul souci, celui de garder le nord pendant la vie et même après la mort, de ne jamais s'égarer sur terre, sur mer et dans le ciel, *amen*.

Ainsi parla mon père, Léon de Portanqueu, es-quire. Autour de nous, le bois se tenait coi, sidéré par cette argumentation et par le fait que nous nous étions arrêtés nous-mêmes. Seul Monsieur Northrop était reparti sans qu'on ait su pourquoi.

— Les enfants anglais, reprit mon père, sont très sérieux. Jouent-ils aux quatre coins, il s'en trouve toujours un qui se nomme Alfred East, Timothy West, Will South ou Henry North. Très sérieux et très conséquents. S'il leur arrive de rire, c'est pour des raisons que les autres enfants ne comprennent pas, en rapport avec l'orientation. On croit qu'ils rient pour rien, on se trompe, car s'ils personnifient les points cardinaux lorsqu'ils jouent aux quatre coins, seuls au monde à le faire, c'est qu'ils savent, pauvres enfants, qu'ils deviendront marins et qu'un marin ne peut pas tenir la barre du gouvernail sans que l'Empire ne le regarde. Alors tu peux être certaine, Tinamer, que Monsieur Northrop qui, à leur âge, était sans doute déjà mousse, ne consulte pas sa montre parce qu'il ne sait plus où aller.

J'étais assise sur une éminence terreuse, taupinière désaffectée entretenue par les fourmis. Je me levai en m'écriant : « Mon père ! »

— Ma fille ?

— Au lieu de palabrer, dis-moi pourquoi.

Alors mon père m'apprit cette chose considérable, à laquelle de moi-même je n'aurais jamais pensé, que le vieux gentleman frisotté avait un tic de lapin du fait qu'il l'avait déjà été avant de devenir un Anglais en apprenant la géographie... Je me laissai retomber sur la taupinière.

— Il tire la montre de la pochette de son gilet, en ouvre le boîtier et se souvient de tout, de son existence antérieure au pays des merveilles, de sa sortie du terrier, de la beauté des institutions britanniques, institutions auxquelles il a pu accéder grâce au fair play, complément du jeu des quatre coins et de la rédemption par les nègres du Colonel Jack[5], et il est content, content, content, au point qu'il reste là planté, figurant de ce bois enchanté.

---

5. Personnage d'un roman de Defoe.

CHAPITRE DEUXIÈME

PAR MON PÈRE, le précité Léon de Portanqueu, esquire, j'appartiens à une célèbre famille du comté de Maskinongé qui a donné à la Patrie un notaire, un avocat-poète, un agronome, six maîtresses d'école et un zouave pontifical, sans compter les cultivateurs, tous grands féodaux. Par ma mère, Etna, ainsi nommée parce qu'elle se fâcha une fois, une seule, mais si fameusement que les jours et les ans, les semaines de résignation, de longanimité et de douceur, ne l'ont pas effacée des mémoires, j'ai deux gouttes de sang irlandais, de la malpropreté et de l'orgueil, je suis de race royale, ce qui n'a jamais été contesté dans le quartier Hochelaga où ma mère a grandi, puînée de trois frères résolus. De ma propre initiative, je me suis fait un frère d'un chien nommé Bélial, des cousins de trois chats, Bouboule, le matou, Jaunée, la chatte, et Thibeau, leur fils, car je me sentais seule d'être fille unique et les trouvais tous aussi dignes que moi de faire partie de la grande famille des de Portanqueu.

　　Je suis née et j'ai grandi dans le grand faubourg de la petite ville de Longueuil, chef-lieu du comté agricole de Chambly, sur la rive sud du Saint-Laurent, en face de Montréal. Lors de mes premières années, fort obscures et confinées, dont j'ai oublié la lactation et les couches, la lumière plate qui bouchait l'espace et les trous qu'y pratiquait ma mère pour me faire apparaître la madone qui calmait mes pleurs et me nourrissait, au-dehors de cet en dedans, à l'extérieur d'une maison dont l'intérieur représentait des espaces infinis, telle une galaxie, une incroyable municipalité s'étendait dans les champs, qui n'avait pas d'aqueduc, d'égouts, de rues pavées ni de trottoirs. C'était le Farouest dans la vallée du Saint-Laurent... À la porte de la mairie, par un bel après-midi de juillet, un centaure, survenu dans un nuage de poussière, attache son cheval; il n'est plus déjà qu'un cow-boy, qu'une vedette de cirque qui s'est arrêté dans le faubourg pour y monter sa tente et installer la fête foraine, joie des familles, illumination de la semaine ouvrière. Le cow-boy vient saluer un collègue à la retraite, Son Honneur Hector Desmarais, que le goût du public, les regrets laissés par le cirque et peut-être aussi le fait qu'il soit, nonobstant sa pilosité, tatoué sur la poitrine, sur les avant-bras et dans le dos, ont relancé vers la gloire, maire de la cité et roi mérovingien. Cette visite mémorable marque la fin d'une ère. Après avoir signé au Livre d'or, le cow-boy n'a que le temps de sauter à cheval et de s'enfuir, dernier centaure, au grand galop : l'asphalte, le béton, le civisme et la moralité, les gros investissements, les ristournes et le saint bidou béni des Franciscains descendent parmi nous, chassant toute poussière, remplaçant le burlesque, le saugrenu et la fantaisie par le pareil au même de la banalité urbaine, suburbaine, pétrolière et américaine. À partir de ce moment, Bélial, mon frère, devint un hors-la-loi, du moins par-devant la maison, du côté de la rue. Par chance pour lui, pour nous, ce progrès, cette propreté malsaine, cette asepsie policière, cette hygiène officielle du monoxyde de carbone ne traversaient pas la maison ; il nous restait en arrière les aises du jardin, le refuge du boisé profond.

Ce domaine, supposément le nôtre, appartenait à Monsieur Petroni[6], je le sais aujourd'hui. Ce vieil Italien sagace et entêté, dont le vin tournait au vinaigre, se reprenait avec sa terre dont les arpents, puis les pieds carrés, prenaient de la valeur avec les années. Cet individu apparut, un jour, à l'orée du bois, un bâton à la main. Je jouais dans le jardin. Je courus aussitôt prévenir mon père qui se trouvait à la maison ce jour-là, oui forcément car ce jour-là était un samedi, qu'il y avait un homme noir, fâché et redoutable qui voulait lui parler. Mon père mit sa chienne à Jacques, vieille robe de chambre qui lui venait du massacre de Lachine, et sortit dignement drapé dans cette relique. Bélial l'accompagnait. Je restai dans la maison, aux aguets derrière la fenêtre. Ce fut avec appréhension que je les vis s'éloigner. Je ne tardai pas à être rassurée : mon frère, levant la patte, pissait sur le bâton du vieil Italien désarmé, à la fois surpris et amusé.

— *Mé ! Mé !* dit-il à mon père.

Mon père le salua de bonne grâce, puis se tournant vers la maison, me cria d'apporter deux petits verres de grenadine. Ce que je fis. Les deux hommes trinquèrent et je rapportai leurs verres. Le jardin de nos

_____

6. Padro Petroni, fermier de Ville Jacques-Cartier, propriétaire du terrain où s'élève la maison des de Portanqueu.

voisins était soigneusement clôturé; le nôtre entrait résolument dans le bois.

— On dirait, *ma doué*, que vous en êtes le maître.

— Pardon, répondit mon père, je me contente de l'usufruit. Je n'ai pas eu besoin du fonds – vous pouvez le garder, signor Petroni – pour doter ma fille Tinamer d'un domaine enchanté autrement plus étendu que les vingt arpents de profondeur et les trois de largeur du cadastre où vous continuerez de figurer comme propriétaire. Nous venons justement d'y découvrir un terrier qui serait, nous avons de bonnes raisons de le croire, la demeure d'un squatter anglais, homme futile, absolument ridicule, qui se nomme Monsieur Northrop,

— Allyre-Alexander Northrop?

— Vous le connaissez donc?

— Oui, répondit le vieil Italien, c'est de lui que j'ai acheté ma terre, en 1913... Je le croyais retourné en Angleterre.

— Croyez-vous? Lui, un ancien lapin, pour y être démasqué!

Maître Petroni n'avait aucune notion de la psychologie britannique. Il se mit à rire, prenant mon père pour un sacré farceur... Il faisait un temps magnifique, beau-sec et limpide, qui lui rappelait l'Italie. Ses rhumatismes ne le faisaient pas souffrir; il jeta son bâton au chien.

— Aimeriez-vous qu'on aille vous reconduire?

— Merci, la marche m'a dégourdi; je rentrerai comme je suis venu.

— Dans ce cas, Maître Petroni, on va vous remettre un croûton de pain sec.

Et mon père de crier de nouveau: «Tinamer de Portanqueu, apporte-nous un gros croûton de pain sec.»

— Grâce à ce croûton, vous pourrez payer passage aux perdrix et aux bécasses qui, pas très loin d'ici, occupent un carré de gaulis. Ces volatiles supérieurs, comme vous devez le savoir, après avoir débauché poules et coqs des poulaillers de Longueuil, les ont redomestiqués militairement en compagnies qui montent le guet.

J'apportai le croûton. Mon père me le prit des mains et le donna à Maître Petroni. Cette fois, il m'avait retenue. Je l'entendis dire: «Allez, mon pauvre homme, que Dieu, San Antonio, la Madona vous viennent en aide», et l'Italien de répondre: «Merci, signor de Portanqueu. Je crois que de ce pain les perdrix et les bécasses seront satisfaites et me laisseront passer, retenant leur milice de poules et coqs endoctrinés, si redoutables au pèlerin solitaire.» Nous quittant là-dessus, il disparut dans le bois mais pour reparaître aussitôt, revenant chercher son bâton.

— Merci, Bélial de Portanqueu, merci d'avoir pissé dessus, lui conférant le pouvoir magique d'assommer les maringouins en vol... Dommage que nous soyons en octobre! Je m'en servirai l'été prochain... Merci, gracieuse Tinamer, mille fois merci de m'avoir pardonné.

Le bâton à la main, comme il était venu, il s'en retourna cette fois définitivement. Je restai quelque peu inquiète, ne sachant pas en quoi ni comment il m'avait offensée.

— Il t'a offensée? dit mon père surpris.

— Oui, répondis-je d'un petit air pincé.

J'ajoutai qu'il valait mieux n'en point parler : ne lui avais-je pas pardonné ?

— J'oubliais, fit mon père.

Nous rentrions dans la maison. Sur les entrefaites, Etna nous avait appelés à dîner. Je l'observais de biais : drapé dans sa chienne, il marchait les doigts de pied écarquillés et se regardait faire d'un air appliqué que je trouvais absolument stupide. Au fond, je l'aimais bien. Ce que je ne parvenais pas à concevoir, c'était qu'à son âge, grand comme il était, plus poilu qu'un singe pelé, il couchât dans le même lit que ma mère, incestueusement.

— Qu'as-tu à marcher les doigts de pied écarquillés ?

Mon père me répondit qu'il regardait ainsi les brins d'herbe et les fourmis.

— Tu ne pourrais pas le faire autrement ?

— Non, car je ne veux pas qu'ils me voient.

— Aurais-tu peur qu'ils rient de toi ?

Il prétendit que non, se mettant au-dessus de tout ridicule. Je haussai les épaules. C'était décidément un homme de mauvaise foi que mon père, une brute qui méritait bien son nom de pape, beaucoup plus près de Bélial et de Bouboule que de Jaunée et de ma mère, plus près aussi de moi et peut-être même de Thibeau, hélas ! Je me sentais à la fois honteuse et fière d'être sa fille. Il avait partagé le monde en deux unités franches et distinctes qui figuraient le bon et le mauvais côté des choses. Lui seul avait accès à ce dernier, lui seul ne le craignait pas. Quand il s'y trouvait, je l'admirais ; quand il nous revenait, je ne faisais que l'aimer comme une grande bête affectueuse et répugnante.

CHAPITRE TROISIÈME

LE BON CÔTÉ DES CHOSES se trouvait en arrière de la maison, au bout du jardin, dans ce jardin même et dans le bois infranchissable qui le terminait, dont j'aurais ignoré les limites si mon père ne m'avait appris que, dans le ciel de quelques belles et rares nuits, la pleine lune, gardant le mauvais côté des choses sur sa face cachée, le réfléchissait, lui et les lieux auxquels il attenait, de sorte qu'on pouvait par ce miroir en prendre connaissance. L'œil nu n'y suffisait pas ; il fallait l'appoint d'une lunette, aussi longue qu'un petit canon, qui nous emmenait l'œil à plus de trois pieds de la tête, dont la magie se conjuguait à celle de la lune, grâce à quoi nous apercevions notre bois bavard et enchanté tout figé et muet au bas de la mer des Tranquillités qui représentait le lac Saint-Pierre, tandis que droit en haut, sur l'autre rive, le comté de Maskinongé s'étendait vers le nord, à l'infini. Et mon père me disait : « Tinamer, quand tu seras grande, avant que je ne sois vieux, nous traverserons le bois, nous franchirons le lac et nous irons vivre tous les deux ensemble dans ce beau comté où je suis né. » Ce que je ne manquais pas de répéter à ma mère.

— Et moi ? disait-elle.

— Oh! toi, tu seras si vieille que tu ne pourrais pas nous suivre; tu resteras avec Bélial et les chats.

Par-devant la maison, du mauvais côté des choses, passait la rue comme ailleurs, rivière grise et morte d'asphalte refroidi dont la coulée remontait à l'ère tertiaire, époque où ma pauvre mère avait été fillette dans le quartier Hochelaga, et au volcan, semblable à celui de l'Etna, qu'avait été alors le mont Royal, depuis éteint, rapetissé, ratatiné, tellement enfoncé par les grands buildings qu'il avait peut-être disparu – mais comment le savoir, malgré sa proximité, étant donné qu'il se situait sur la face cachée de la lune... La rue passait donc comme partout ailleurs, bordée par l'infinie succession de ses deux quais parallèles coulés dans le béton armé pour l'éternité de sorte que les piétons avachis, débardeurs d'eux-mêmes, n'y faisaient qu'user les semelles de leurs souliers à présent que ces quais périmés avaient été déclarés trottoirs; elle passait semblable à elle-même, la rue toujours, toujours recommencée sur le parcours d'un labyrinthe, à l'opposite de notre bois familier.

Ce labyrinthe n'était qu'une adaptation de l'ancien, sans grande originalité, seulement plus étendu et plus hygiénique, recouvrant les égouts, charriant les autos, fleurant le tuyau d'échappement, le bitume antédiluvien et le monoxyde de carbone, bâti comme l'autre pour servir au passage et à la perte des faibles d'esprit et des enfants aventureux, des chats et des chiens abandonnés, parfois même de quelque cheval inattendu, monté par un cardinal léger[7], tête de procession de lépreux agitant leurs sonnettes comme à la messe, l'air extasié, sous l'impression de pousser le cheval à la papauté. La rue devant la maison portait le nom de Bellerive, un des centaines et des milliers d'alias du labyrinthe, un faux nom pour compliquer le dédale urbain, suburbain et multimunicipal. La maison elle-même, pourtant unique, qui ne pouvait entrer dans aucune série, y était numérotée neuf cent trente et unième selon une convention obligatoire, aussi absurde qu'importune, qui la désignait à l'attention des intrus, solliciteurs, rapporteurs, percepteurs, quêteux sophistiqués, espions déguisés en livreurs, en Témoins de Jéhovah, en Mormons, qui tous déclenchaient les abois de Bélial pendant que les trois chats, avec la plus méprisante indifférence, se détournaient d'eux. Les Témoins venaient nous rappeler le déluge et nous annoncer, après l'eau, le feu, c'est-à-dire la bataille d'Armaguédon, l'atrocité des atrocités et le règne de Dieu. Etna écoutait poliment ces suaves destructeurs, puis les renvoyait avec quelques sous. Les Mormons se contentaient de prétendre béatement que les Mormons étaient en bonne santé. « Tant mieux ! » disait Etna. Venaient aussi des agents d'assurance, le poète Pélo[8] de la Christian Science, des frénétiques et des redingotards, des vendeurs d'eau minérale et d'esprit

---

7. Allusion au cardinal-archevêque de Montréal (1950-1967) Paul-Émile Léger, qui démissionna pour aller s'occuper des lépreux en Afrique.
8. Claude Péloquin, poète québécois.

civique, de faux aveugles, des policiers éducateurs, des légionnaires, des bonimenteurs, des bateleurs, des escogriffes, valetaille au service de la corporation, supposément la cité, qui administrait le labyrinthe au profit des créanciers, amerlots comme les missionnaires. Au moins avait-il ceci de bon sur le mauvais côté des choses, ce fameux labyrinthe, qu'ayant coûté très cher, il nous sauvait de GI Joe[9], du napalm et d'autres missionnaires à béret vert.

Ces gens de rapine et de prière, sous l'égide de Papa Boss[10], Dieu le père de la Trinité américaine dont Rédempteur Fauché[11] était le fils et le napalm, le Saint-Esprit, ces gens, dis-je, restaient quand même de dangereuses gens. Pendant que le chien aboyait, que les trois chats d'un mouvement concerté se détournaient, je les regardais avec effroi. Pour sa part, Etna, ma pauvre mère, leur faisait bonne contenance, bien obligée, car ces intrus profitaient toujours de l'absence de mon père. Chaque fois qu'ils étaient dans la maison à parlementer, on pouvait voir sur le trottoir des zouaves saccadés se croiser au pas d'oie, et dans la rue, la police, une voiture pour deux agents, la cara-

---

9. Soldat américain de la guerre du Viêt-nam.
10. Personnage qui a donné son titre à un roman de Jacques Ferron et qu'André Major décrit en ces termes : « [Papa Boss], c'est l'homme fait dieu, c'est la puissance absolue de l'argent suçant l'âme des hommes à qui est assuré un illusoire bonheur matériel. »
11. Criminel québécois lié à un groupe de mafieux qui provoquaient des incendies et forçaient leurs victimes à les rembourser avec les assurances. Jacques Ferron voulait en faire le personnage d'un roman annoncé à la fin du *Ciel de Québec*, qu'il n'a finalement pas écrit.

bine entre les deux, patrouiller. À tous ces palefreniers du Minotaure, assurément bien organisés, il fallait payer sa quote-part pour l'entretien du labyrinthe, plus une petite obole pour le culte de Papa Boss. « Encore chanceux de s'en tirer avec de l'argent », disait Etna, « autrement il faudrait le faire en nature avec les chats d'abord, puis le chien, avec toi ensuite, ma pauvre Tinamer ! »

Ainsi donc, chaque fois que Léon de Portanqueu, habillé comme tout le monde – c'était son déguise-ment – s'éloignait de la maison, celle-ci se penchait par en avant, du mauvais côté des choses. C'était pour aller gagner de l'argent, pour me sauver, moi, la pru-nelle de sa vie, son petit phare, son bel amélanchier, moi, Tinamer, la reine de Saba du bon côté des choses, pour sauver aussi Bélial, Bouboule, Jaunée et Thibeau qu'il s'absentait aussi. Je ne me suis jamais demandé comment, cet argent, il le gagnait ; je suppose, étant donné qu'il se donnait le mal de s'habiller comme tout le monde, qu'il le volait et je trouve très bien, pour ne pas dire honnête, qu'il en ait été ainsi.

Quand il nous revenait, il ne le faisait pas à moi-tié, s'empressant de quitter son déguisement et de se mettre à poil, du mieux qu'il le pouvait, pelé par en-droits, magnifique quand même, ce qui faisait dire à Etna : « Attention, Léon, on pourrait t'apercevoir de la rue ! »

— Crois-tu ?

Lui, il n'en croyait rien, ce qui ne l'empêchait pas de se rapprocher de la fenêtre, curieux d'apercevoir qui pourrait l'apercevoir – un fameux voyeur, disait-il. Un fourré de cèdres, d'aubépines et de cornouillers s'était développé devant la maison, qui, sans la rendre plus accueillante qu'il ne fallait, lui masquait à peu près la rue, ses chariots patrouilleurs et ses vilains passants.

— Qu'ils me voient s'ils peuvent, ces vicieux! Ils verront l'ours qui a vu l'ours qui a vu l'ours, qui les a vus trois fois avant qu'ils ne le voient, qui a trois gueules, douze pattes, et se sauveront à l'épouvante.

— En effet, tu n'es pas beau, mon cher.

— Eux, le sont-ils, ma chère?

Etna lui apportait son burnous, sa robe de chambre, sa relique du massacre de Lachine, mais ce n'était pas par décence civique, pour empêcher qu'on le voie au travers du fourré d'accueil; c'était pour me cacher la grande bête affectueuse et répugnante avec laquelle incestueusement elle couchait, chaque nuit. Elle n'avait pas d'autres raisons. La rue, personne ne s'en souciait plus dès que mon père était rentré: le labyrinthe, le Minotaure et ses rabatteurs, le Papa Boss, ses apôtres et ses séides basculaient derrière l'horizon, cul par-dessus tête. La maison se remettait à pencher du bon côté des choses.

Mon père ne se faisait pas trop prier pour engueniller son singe. Seulement, il disait à ma mère: « Femme de peu de foi, indigne du héros que toi-même tu déshabillais autrefois, qu'as-tu fait de ta main avisée et de tes flammes juvéniles? »

Etna lui répondait:

— Léon de Portanqueu, demande-le au pompier que j'ai épousé. Il m'a si bien éteinte que c'est miracle que ma cuisinière électrique fonctionne encore.

Mon père proclamait que d'Etna elle n'était plus qu'une contrefaçon. Il la considérait longuement, puis disait : « Je me demande au juste pourquoi je te garde. »

— Parce que tu as besoin d'une servante.

Il haussait les épaules et se tournait vers moi : « Tinamer, ne penses-tu pas que nous devrions la vendre ? » Je me rapprochais alors de ma mère et lui prenais la main sans même daigner répondre.

— Du moins, l'échanger pour une neuve ?

Ça, non ! mille fois non ! Rageusement, jalousement peut-être, je m'écriais que j'avais honte d'être sa fille, la fille d'un fou, d'un vrai fou. Oui, j'avais honte. Etna me caressait la joue, la tempe, réconfortée par mon amour, ne comprenant pas que je l'aimais surtout d'être une mère effacée, une femme à laquelle je m'étais habituée, une rivale dont je disposais à mon gré, que je ne craignais plus, tandis qu'avec une autre... Léon de Portanqueu me devinait-il ? Ma colère n'avait pas d'autre effet que de le mettre dans une joie bruyante. Oui, j'avais honte de lui, j'avais honte de moi.

— Tais-toi, vilain Turc, grand rastaquouère !

Il n'en riait que plus fort. Je suppliais ma mère de ne pas l'entendre. « Pauvre toi, comme je te plains ! » La maison décidément penchait du bon côté des choses. Seul ce côté comptait. L'autre n'était plus là, caché par la fenêtre, envahi par le fourré, escamoté, repoussé derrière mille cloisons successives, tranchantes comme des lames de rasoir, mis en petit tas, coupé en morceaux dans le coin perdu d'une chambre à débarras, derrière la haie d'un dépotoir ; tombé au fond d'un puits. Enfin il n'y avait plus trace de son règne. Les chats ronronnaient. Le chien dormait, la tête sur ses pattes allongées. Etna soupirait, résignée à son bonheur obscur. Mon enfance était entière et radieuse.

Le soir venu, lorsque mon père monta son télescope dans le jardin, il me dit : « Tinamer, est-ce que tu vois la lune ? » Elle sortait des feuillages, toute ronde, ébahie d'être plus grosse que le soleil. Je la voyais, bien sûr. Elle montait sans bruit dans le ciel, à vue d'œil. Je me taisais : pourquoi aurais-je répondu à sa question ? Plus elle montait, plus elle s'éloignait et diminuait de volume. Mon père me dit : « Lorsque la lune est pleine, peut-on penser qu'on en voit que la moitié ? » Je continuai de me taire. Il avait fini d'ajuster ses lentilles et voyait à présent la mer des Tranquillités, le bois, le jardinet, à côté de lui-même, sa petite fille muette, les pieds dans la rosée.

CHAPITRE QUATRIÈME

IL SE FAISAIT TARD, la lune continuait de refroidir la soirée. Jugeant que j'en savais assez, mon père me prit : « Viens que je te monte dans ton lit. » Recroquevillée, heureuse, toute frissonnante de sa chaleur, je perdis pied, tombai dans le noir et me retrouvai dans ses bras. Pour ne pas retomber, je le pinçai, il devint attentif : je lui répétai ce qu'il venait de me montrer, la mer des Tranquillités, le comté de Maskinongé, la réplique du lac Saint-Pierre, le rectangle tout en hauteur qui faisait pendant à notre bois sur la rive opposée. J'avais parfaitement compris, il me dit : « Tinamer, tu es très intelligente, je suis fier de toi. » Alors quand je l'entendis, je me mis à pleurer, il crut que j'étais fatiguée, c'est vrai que je l'étais mais je ne pleurais pas pour ça, il mêlait tout, il ne comprenait rien, il n'était pas très intelligent ; je pleurais parce que je n'avais pas lieu d'être aussi fière, sur le point de rechuter, cette fois pour de bon dans le noir de la nuit et de tout oublier. Je le pinçai de nouveau, le plus fort que je pus, il fit : « Quoi ? » Je le trouvai trop curieux. Je le pinçais pour me retenir parce que je me sentais glisser. Je crus l'entendre dire : « Tinamer, serais-tu moins intelligente que je ne le pense ? »

Je me suis retrouvée dans mon lit, bien couverte, déjà bordée. Il avait émis sa supposition au-dessus de moi comme un grand Polichinelle sorti de l'ombre. Je ne pleurais plus, je souriais, à moitié engourdie, résignée à l'endormissement qui montait ; à peine ai-je eu le temps de lui faire savoir, oui Monsieur, Monsieur de Portanqueu, je suis très intelligente, peut-être moins que moi-même mais beaucoup plus, beaucoup beaucoup plus que toi… Déjà je dormais. Il est redescendu perplexe et amusé, n'ayant rien compris, bien entendu. Moi, de mon côté, comme je l'avais prévu, j'ai tout oublié, c'était la raison de mes larmes, tout oublié ce que j'avais appris. La nuit a passé l'éponge soigneusement. Quand elle s'en va, il me reste un grand vide, c'est le blanc pur qui dégorge du noir et du gris, de quoi éclaircir le matin, creuser la nouvelle journée.

Je me suis levée, toute songeuse, et je suis descendue sans bruit dans la cuisine où ma mère Etna, penchée sur ses feux, prépare du gruau. Encore mal éveillée, elle ne m'a pas aperçue. Le gruau prêt, elle le partage en trois assiettées, la petite pour moi, la moyenne pour elle et la grande pour lui, mon père, pour Léon de Portanqueu qui, sur semaine, habillé comme tout le monde, ni vu ni connu, est déjà parti quand on se lève et ne déjeune pas par conséquent à la maison. J'ai entendu le bruit de vaisselle mais n'en ai pas compté les morceaux, comme j'aurais pu le faire, de sorte que je ne me souviens pas qu'hier était un vendredi. Je ne veux rien entendre et je reste là, assise, à m'affliger de ma mémoire, si courte que d'elle-même elle ne traverse jamais la nuit, à penser que tout est à recommencer chaque matin et qu'à ce compte vivre n'est guère profitable. Plus creux d'un jour à l'autre de tous les jours que j'ai oubliés, le jour s'agrandit à mesure que je vieillis. Si je grandis moi-même, il me rapetisse d'autant. Je ne serai jamais qu'une enfant. Je me le répète, cela m'obsède et je n'ai pas cherché à compter les couverts. Par contre, quand Etna est sortie de la cuisine pour monter à ma chambre, je n'ai pu m'empêcher de penser qu'elle n'y trouverait pas de cheveux à soulever, une oreille à chatouiller, à qui souffler affectueusement comme à l'accoutumée : – Tinamer, encore une fois tout est à recommencer, le jour, la vie. Bonjour, donc, bonne vie, donc, Tinamer de Portanqueu. Allons, lève-toi, Tinamer : pour le moment ton déjeuner est prêt, il t'attend… Voilà ce qu'elle est montée me dire et qu'elle ne me dira plus en redescendant, car elle ne m'affectionne et ne me cajole que dans mon sommeil, presque à mon insu. Lorsque je la regarde, elle n'ose plus.

Je l'entends ouvrir la porte de ma chambre. À ma place, dans le lit, le chien lève la tête. Elle ne lui dira pas sa surprise, elle ne lui demandera pas de mes nouvelles, certaine qu'il ne répondrait pas. Etna n'est pas une personne à se faire des histoires de tout et de rien. Elle dit qu'elle n'a pas de temps à perdre, plus soucieuse que joueuse, toujours pressée à faire les choses simplement, dormant quand elle dort, n'en profitant même pas pour rêver. Elle se borne par devoir et trouve qu'elle n'en mène pas large. Mon père prétend qu'elle n'est pas chrétienne alors que lui, mécréant comme pas un, le serait et grandement parce qu'il rêve autant qu'il ronfle, la nuit, qu'il ne perd jamais une occasion, le jour de fabuler, de plaisanter et de rire.

Ma mère Etna est revenue dans la cuisine, un peu vexée, c'était à prévoir.

— Tu aurais pu me dire que tu étais là !

— Tu aurais pu m'y voir, j'étais visible et tu n'es pas aveugle.

Bonne réponse, elle encaisse. Seulement elle n'y trouve pas son compte, calculant que si je lui tiens tête à mon âge, je serai capable de la battre quand je serai grande.

— Tinamer, t'es-tu brossé les dents ?

Je la mordrais.

— Oui, maman.

Ma petite voix fluette lui donne un regard fauve, aussi jaune que mes dents que jamais je ne brosse, le matin. Quand j'ajoute : « Et toi ? » elle me mordrait, je le vois. Après tout ; elle est ma mère, je suis sa fille, il faut bien que nous ayons des ressemblances. Quelques différences aussi : par exemple, elle est franche, tandis que moi, moi...

Cette escarmouche ne trouble pas le déroulement du matin, le lever du soleil, le déjeuner : apprêt sans conséquence, accompagnement aigrelet, premières notes d'un long duo. Etna m'a servie, ajoutant ensuite deux assiettées à la mienne. Deux plats, ç'aurait été la semaine sur la table, trois, c'est samedi ou dimanche. Mon cœur se serre sur le grand vide ; j'ai le pressentiment que tout n'est pas perdu de la veille au soir. À défaut de l'avoir dans la tête, ma mémoire commence à faire des petites vagues autour de moi, pour me dire qu'elle est là, pour me dire : « Attends, je vais me souvenir. »

— Où vas-tu, Tinamer ?

— Je vais me brosser les dents.

Dieu sait pourtant que je n'aime pas ça, me fourrager dans la bouche, à jeun. Ma mère Etna ne crie pas que j'ai menti ; elle est contente, elle sourit. Comme je redescends, dépeigné, la barbe longue, drapé dans ses guenilles, Léon de Portanqueu, le trépied d'une main, de l'autre le canon de son cher télescope, rentre du jardin, les pieds tout mouillés de rosée, déclarant que ça sera aujourd'hui une journée de beurre et de miel.

— En attendant, mange ton gruau pendant qu'il est chaud.

À la vue de son instrument, me rappelant la mer des Tranquillités et le comté de Maskinongé, c'est plus fort que moi, je bats des mains. Mon père, fat comme tous les hommes, croit que je l'applaudis. Il se met à table et commence à nous débiter son rituel du samedi matin, des drôleries éventées qu'il rit d'autant plus fort qu'elles sont devenues plates, plates, plates. Etna me regarde, l'air de dire : « C'est ça, un homme, ma chère. » Moi, je pense qu'il n'y a pas de quoi se consterner à ce qu'une grosse et grande bête fasse du bruit. Qu'il rie solo, c'est mieux que notre duo aigrelet. Et puis, c'est samedi, Etna : depuis hier au soir, la maison penche du bon côté des choses et elle continuera de pencher ainsi jusqu'à lundi.

Après déjeuner, je suis sortie. Il ne restait plus de rosée que dans les coins sombres. Le jardin, entièrement gazonné, mal entretenu, dont la pelouse, envahie par le chiendent, le pissenlit et le plantain n'avait pas le poil anglais, dru et ras, était tout en longueur, contenu entre deux haies, l'une d'ormes chinois, l'autre de chèvrefeuille; il contournait des massifs d'arbustes et se faufilait par d'étroits goulets jusqu'au sous-bois encore ensoleillé, en dessous des arbres retardataires, la feuille mal dégagée du bourgeon, qui ne faisait que s'apprêter à le recouvrir de leur toit ventilé aux plafonds multiples et étagés. Sur le pas de la porte, je m'étais arrêtée: par enchantement, durant la nuit, les pissenlits avaient fleuri sur toute l'étendue du jardin. Mon père savait ce qu'il disait lorsque, se mettant à table, il nous avait prédit une journée de miel et de beurre. La pelouse du vert avait tourné au jaune sous la multitude des fleurs. De l'autre côté des haies, celles-ci étaient rares, une par-ci par-là, et les pelouses restaient vertes. Le Seigneur nous avait distingués par ce miracle manifeste, nous, les de Portanqueu. Je pus en cueillir tant et plus cela n'y paraissait même pas. J'en fis plusieurs bouquets pour la maison, puis je fabriquai une guirlande. Je l'avais finie quand mon père vint me rejoindre, accompagné de Bélial, mon frère réputé chien. Je lui dis de se mettre à genoux et lui passai la guirlande autour du cou. Elle lui descendait jusqu'au ventre. Il me dit: « Tinamer, viens te mettre à côté de moi. » Ce que je fis, un bouquet à la main. Bélial en profita pour venir me lécher au visage.

— Voyons, Bélial, grand païen, laisse-nous remercier le Seigneur.

Ainsi parla mon père de sa grosse voix. Bélial l'entendit, du moins fit semblant et vint s'asseoir avec nous pieusement, tourné vers le bois.

— Écoutez, dit mon père: entendez-vous le loriot qui chante? Fasse maintenant qu'il se montre au balcon, dans les arbres, et qu'il soit du même jaune que nos fleurs ! Cela sera le signe que Dieu nous garde ses avantages. Le loriot, c'est le Saint-Esprit du mois de mai.

Bélial était déjà rendu au bout de ses bonnes intentions. Loin de voir le Saint-Esprit, je me fis culbuter par ce vaurien, ce chenapan de chien qui pensait plus à jouer qu'à prier. Juste à ce moment, mon père s'écriait : « Je l'ai vu ! » Quand je parvins à me relever, le loriot avait disparu. « Ne lâche pas, Tinamer ! Continue de prier, il reviendra », déclara le saint homme. Lui, il rentrait à la maison, Etna l'avait appelé. « Emmène Bélial », lui dis-je. Il l'emmena et je restai seule, agenouillée au milieu du parterre, mon bouquet à la main. J'entendis derrière moi la voix fâchée d'Etna. Elle disait à mon père qu'il ne respectait pas les voisins. « C'est honteux, pareil jardin ! Ils soignent le leur et tu les infectes de mauvaises herbes. Tu vas me couper tout ça dès aujourd'hui. » Je n'eus pas le temps de réfléchir au sens de ses paroles : Monsieur Northrop, venu je ne sais comment, était là devant moi, à l'orée du bois ; il donnait la main à une fillette de mon âge, aussi blonde que j'étais brune, les cheveux longs, tombants sur ses épaules, alors que je les avais presque aussi courts qu'un garçon. Je le vis se pencher vers elle ; il dut lui dire mon nom car tout aussitôt elle me fixa de ses yeux verts et me sourit aimablement alors que lui, s'étant redressé, il me saluait cérémonieusement comme à l'accoutumée. L'idée m'effleura qu'il pût se moquer de moi ; je n'étais plus du tout certaine d'être une petite dame ou une grande demoiselle. Je ne savais que penser. Le sourire de la fillette, si aimable, son long regard, ses yeux verts me ravageaient le cœur. Je ne savais que faire : « Je devrais peut-être aller la trouver, ça serait plus poli. » Le cœur m'en empêchait ; je restai à genoux, mon bouquet de pissenlits à la main. Ce fut alors que j'aperçus le loriot sur la plus basse branche de l'arbre sous lequel se trouvait la fillette, juste au-dessus de ses beaux cheveux blonds ; il lança trois roulades hardies, glorieuses, éclatantes, comme si l'air du matin eût été un palais de cristal. Mon cœur tourna et se mit à battre joyeusement. De la plus basse branche, il vola sur une branche plus haute, puis sur une autre plus haute encore ; la fois suivante, il atteignit la cime de l'arbre, recommença son chant et, se laissant tomber derrière, disparut dans le bois. Je me sentais transformée, enhardie, remontée, comme si j'eusse moi-même des roulades dans la gorge. Je voulus rendre à la fillette son sourire ; j'abaissai les yeux : à l'orée du bois, il n'y avait plus personne.

Mon impolitesse les avait rebutés ; ils étaient partis alors que je regardais l'oiseau, mais, me dis-je, ce vieux gentleman et cette petite fille marchant la main dans la main, ne peuvent guère être loin. Je courus donc dans le bois, sûre de les rattraper. Çà et là, des talles d'érythrones me donnaient l'illusion de cheveux blonds. D'une talle à l'autre, je continuais de courir car j'oubliais d'être déçue en pensant que ces petits lys sauvages marquaient la trace de son passage. À la longue, sans me décourager, je fus quand même hors d'haleine. Je m'arrêtai dans une petite clairière toute blanche des pétales d'un amélanchier, le plus grand que j'eusse jamais vu, dont la girandole achevait de s'éteindre. Par contre les cerisiers et l'aubépine commençaient de fleurir. Je me laissai tomber dans l'herbe. Le loriot, maintenant, chantait aux quatre coins du bois. Tout près, l'oiseau moqueur imitait le miaulement du chat, sans doute pour se faire peur. Il me fit penser que j'avais couru si vite que maintenant je me trouvais au-delà de toute espèce de crainte, seulement très fatiguée, mettant toute ma complaisance dans le jour de miel et de beurre où il faisait bon se laisser fondre. Je ne devais pas me trouver très loin de la mer des Tranquillités...

Mon étonnement fut grand de voir alors passer près de moi le signor Petroni, son bâton sous le bras, émiettant le quignon de pain que nous lui avions donné, l'automne précédent. Même s'il n'avait pas un seul poil blanc, il devait être très vieux; en tout cas il ne se pressait pas puisque je l'avais rejoint. Il ne m'aperçut pas. Je ne fis rien d'ailleurs pour attirer son attention. Il aurait pu vouloir que je l'accompagnasse dans son pèlerinage et je n'y tenais pas, préférant ne pas bouger. Tout en lançant ses miettes, il faisait: «petit! petit! petit!» à l'adresse de poules et de coqs qui ne venaient pas, du moins qui ne se montraient pas. Il traversa ainsi la clairière. Rentré dans le bois, je l'entendais encore égrener son cri. Celui-ci d'ailleurs allait en faiblissant et se perdit bientôt dans les diverses rumeurs qui animaient le silence, la solitude et mon repos.

Je dus dormir quelque temps. Lorsque je m'éveillai, un bel homme à la physionomie inquiète, contrastée, le menton carré, l'air résolu, les yeux bleus, le visage émacié, un homme que je n'avais jamais vu, était penché sur moi, à genoux. Dès que j'ouvris l'œil, il se remit sur pied et parut devoir s'éloigner. Je lui dis:

« Monsieur, ne partez pas. » Il s'arrêta puis me revint. Je remarquai alors que sa soutane était toute déchirée, ses souliers boueux, et qu'il portait le rabat noir des ecclésiastiques de l'ancien temps. Sans doute marchait-il depuis longtemps, très longtemps, peut-être depuis plus d'un siècle. Il se nommait Messire Hubert Robson. Il me dit : « Pauvre petite, pauvre moi, tu n'es pas celle que je cherche. De toi elle n'a que l'âge. Elle est blonde, elle a de longs cheveux, les yeux verts. La dernière fois que je l'ai vue, c'était à Tingwick, son beau visage était couvert de sueur et de larmes. Je n'ai pas pu l'oublier. Il m'est resté dans la tête mêlé à tout ce que je pense, à tout ce que je vois. Elle se nomme Mary Mahon[12]. »

Il ne me demanda pas si je l'avais vue. Je lui dis simplement que le cœur des petites filles tourne et retourne vite, et qu'elle s'était peut-être consolée. « Je le voudrais bien, répondit-il, mais je la vois, elle pleure toujours. » Tout en larmes lui-même, il ajouta qu'il ne pouvait pas la laisser dans cette peine et qu'il lui fallait absolument la retrouver.

— Si je la vois, je lui dirai que vous êtes à sa recherche… Mais vous serez reparti, comment pourra-t-elle vous rejoindre ?

— Je ne serai pas loin, tu n'auras qu'à la retenir, je repasserai par ici… Comment te nommes-tu, fillette ?

— Messire, je me nomme Tinamer de Portanqueu.

---

12. Marie Mahon et Hubert Robson sont des personnages historiques dont il sera question plus loin et dont l'histoire se trouve dans *Les Bois-Francs*, de Charles-Édouard Mailhot.

— Tinamer de Portanqueu, je te bénis. Si jamais tu étais dans l'embarras, souviens-toi de mon nom, appelle-moi, je viendrai à ton secours.

À ce moment, tout près, le merle-chat imita les sanglots d'une petite fille.

— As-tu entendu ?

— Oui, Messire, mais je crois que c'est l'oiseau moqueur.

— Non, non, fit-il, c'est Mary Mahon, j'en suis sûr.

Le bleu de ses yeux était devenu limpide et profond. Alors cet homme si absolu, qui était certainement un saint, eut un moment d'irrésolution. Un pauvre prêtre égaré me demanda : « Suis-je bien encore dans le Bas-Canada ? » C'était un pays que je ne connaissais pas. Je lui répondis qu'il se trouvait dans un bois qui m'appartenait, au sud de la mer des Tranquillités et du comté de Maskinongé. Mais il n'entendit peut-être pas ma réponse, courant dans la direction de l'oiseau moqueur. Je me trouvai de nouveau seule dans la clairière, nullement inquiète, car je m'attendais à voir apparaître Monsieur Northrop et sa petite amie, certaine de les avoir dépassés en courant. De nouveau, je m'endormis et me réveillai au milieu de la nuit.

CHAPITRE CINQUIÈME

JE CRUS D'ABORD ÊTRE dans mon lit, mais lorsque j'eus palpé l'herbe à la place du drap, je ne pensai pas un seul instant à me rendormir; l'obscurité devint, perdant ses proportions domestiques, immense et redoutable; je craignis, à l'instar de Mary Mahon, d'être perdue et peut-être à jamais. Les adultes, vilains comédiens jouant toujours le même rôle, ne comprennent pas que l'enfance est avant tout une aventure intellectuelle où seules importent la conquête et la sauvegarde de l'identité, que celle-ci reste longtemps précaire et que, tout bien considéré, cette aventure est la plus dramatique de l'existence. Les cabotins l'ont oublié et font des livres stupides pour avantager le petit rôle de leur minable personnage.

Mon appréhension tenait au fait que par mon âge je n'étais pas de force à traverser la nuit et qu'en me retrouvant, le lendemain matin, dans les lieux inconnus, je risquais de ne pas me retrouver, devenue une petite fille sans nom et sans raison. Je devais me sauver à tout prix, retourner à la maison, dans les lieux familiers qui constituaient la mémoire extérieure par laquelle, chaque jour, je triomphais de la nuit et redevenais moi-même; mais comment faire dans le noir, sans repère, sans direction?

Autour de la clairière, le bois était devenu un fouillis inextricable. J'eus beau tenter le hasard, je n'eus pas fait dix pas que je ne pouvais plus avancer, retenue par les branches, n'y voyant guère mieux que si j'avais les yeux bandés. À ce colin-maillard je n'étais bonne qu'à m'attraper moi-même et je l'étais déjà au point de ne plus bouger. Je pensai que je ne pourrais jamais m'en tirer. En même temps, je ne pouvais même pas pleurer, sûre de ne pas être entendue.

Ce fut dans cette extrémité muette que, tournant la tête, le voile se déchira de haut en bas ; j'aperçus une lumière debout, très étroite. À ma grande surprise, je pus me glisser facilement dans la fente qui dès lors, tel un couloir, alla en s'élargissant. Je marchais entre les arbres sur la trace d'un ancien fossé d'irrigation, du moins je le supposai, car le sentier était lisse et aussi moelleux que s'il eût été tapissé par les feuilles mortes des cinquante dernières années. J'arrivai rapidement devant un petit pavillon ouvert sur les côtés, au centre duquel une lampe suspendue descendait à quelques pieds d'une table invitante qu'elle couvait de sa lumière douce et chaude. Aux quatre coins de la table, il y avait quatre bouteilles de pepsi ; au milieu de la table, deux énormes pyramides savamment édifiées, l'une de choux à la crème, l'autre de mandarines, dont la vue me rappela que j'étais à jeun depuis le matin, dont le choix, répondant à mes goûts, avait sans doute été fait spécialement pour moi. À cette table, il n'y avait qu'une chaise, une petite chaise qui correspondait à ma taille, comme la table elle-même d'ailleurs. La curiosité ne me vint pas de savoir de qui j'étais l'invitée. Sans aucune hésitation, j'entrai dans le pavillon et m'attablai, trouvant tout naturel, après mes ennuis et mes peines, d'être régalée de la sorte au milieu de la nuit.

Je tendis la main vers une des quatre bouteilles ; comme je l'approchais de moi, je notai qu'elle était bouchée de même que les trois autres. Mais je n'eus pas le temps d'en être dépitée : le bouchon sauta de lui-même ; par le goulot sortit une petite vapeur avec un brin de pétillement. Quand je portai la bouteille à ma bouche, elle me chatouilla le nez puis le palais délicieusement. Ensuite je mangeai, alternant choux et mandarines. Je ne pensais jamais venir à bout des deux pyramides. Cependant le fruit se pelait si aisément, la pâtisserie était si fondante que peu à peu j'en devenais moins certaine. J'eus même l'impression, à un moment donné, qu'ils étaient beaucoup plus petits que ceux que je mangeais à la maison et que les bouteilles, la table, le pavillon étaient à l'avenant. Un doute m'effleura, à savoir que j'avais peut-être rapetissé ; je l'écartai en me disant.

— Voyons, Tinamer, ne cherche pas à te déprécier.

D'ailleurs plus je m'empiffrais, plus je me sentais en confiance. À un autre moment, levant les yeux, je me rendis compte que la lampe était éteinte. Cela ne me fit ni chaud ni froid car il continuait de faire clair, soit que le jour fût revenu, soit que la nuit où je m'étais perdue n'eût été qu'une illusion. La lumière tombait du ciel, non tamisée, au travers des branches encore sans feuillaison ; si elle présentait des raies longitudinales, mon Dieu ! c'était sans doute à cause des arbres et des arbustes qui entouraient le pavillon.

J'en étais rendu à mon dernier chou à la crème. Avec effort, sans aucun plaisir, je finis par l'avaler. Je vidai de même le dernier pepsi. Quant à la mandarine qui restait, je trouvai plus simple, la glissant dans la poche de ma jupe, de la garder en réserve pour les mauvais jours. Fini le régal, je fis ouf! tout bonnement et fus des plus surprises que mon cri de soulagement servît de signal à une hilarité bruyante dont je faisais les frais, évidemment et pour cause : j'avais mangé sans profit, toute rapetissée et captive dans une cage de fil de laiton. Le caquet et les éclats de rire provenaient de grands volatiles qui dansaient autour et dont je n'apercevais que les jambes et le bas de la taille. En quittant la table pour aller m'agenouiller, les deux mains agrippées à deux fils de laiton qui m'étaient aussi gros que des barreaux de prison, je pus les voir en leur entier. Il s'agissait des poules dont mon père avait parlé à Maître Petroni, six en tout, débauchées des poulaillers de Longueuil, endoctrinées comme on n'a pas idée, aussi grandes que ma mère Etna, ayant gagné en taille, toute proportion gardée, l'équivalent de ce que j'avais perdu.

Chose étonnante, tout en restant poules, elles paraissaient humaines. Elles étaient vêtues de plumes à la réserve des parties expressives, le cou, le visage et les mains. Par le nez recourbé et les petits yeux méchants, leur physionomie, quoique découverte, ne montrait rien de rassurant. La plume courte, mince et frisée, tenant la place des cheveux, une touffe placée en aigrette au-dessus du front, formaient néanmoins une coiffure agréable. Leurs jambes, commencées en pantalon, finissaient en pattes de poule authentiques. Elles parlaient toutes à la fois. « Voilà une belle tête de linotte ! – Comme elle a mordu à l'appât ! – Elle est plus gloutonne qu'un marcassin ! » Leurs commentaires étaient tous plus désobligeants les uns que les autres. « Endoctrinées, peut-être, me disais-je, au demeurant fort impolies. » Enfin, ayant crié et dansé à leur saoul, ces créatures s'emparèrent de ma cage et l'emportèrent d'un pas saccadément militaire par une avenue que je ne connaissais pas jusqu'à une sorte de château, une immense cage flanquée de quatre autres plus petites, comme le serait une tour de ses quatre tourillons.

Je fus introduite auprès de la châtelaine, qui était une gélinotte bien qu'il n'en parût rien. Son plumage était d'un petit jaune serin ; elle avait un assez beau tour de visage, le teint pâle, l'œil vif et bien coupé, mais le regard sournois. On voyait quelque chose de malin dans son sourire. L'assemblage de ses traits formait une physionomie spirituelle, piquante et scélérate. Elle me reçut avec de petits cris joyeux, voulut savoir mon nom, me dit le sien. J'en restai toute déconfite : elle s'appelait Etna comme ma pauvre mère dont elle n'avait pourtant rien.

— Cette pauvre petite a trop mangé, dit-elle ; libérez-la de sa cage.

Dès que je fus sortie, elle me prit sur ses genoux de plume et me fit mille caresses auxquelles je répondis de mon mieux mais mollement, sans beaucoup de conviction. Elle s'en aperçut, me demanda ce qui n'allait pas. Je lui répondis que, sans être une petite dame ni une grande demoiselle, je ne m'habituais pas à mon rapetissement subit, surtout après avoir tant mangé de choux à la crème et de mandarines.

— C'est vrai, ma pauvre Tinamer, tu n'es guère plus grande qu'un ara des Îles.

— Je suis plus petite, Madame Etna, qu'un bébé qui vient de naître.

— Et tu voudrais grandir ?

— Au moins retrouver la taille que j'avais.

La gélinotte qui portait le nom de ma mère approuva mon désir et prétendit pouvoir le réaliser grâce à une pommade, excellent spécifique.

— Déshabille-toi, Tinamer, je te frotterai moi-même.

Je n'ai pas le temps de protester : les six poules endoctrinées se sont jetées sur moi ; en moins d'un instant, je suis mise à nu, renversée sur le parquet, maintenue, et la fausse Etna de me frotter tout à loisir, d'un côté puis de l'autre et de la tête aux pieds. Elle a fini, elle s'écrie : « Ah ! j'oubliais le bout du nez. »

— C'est tout, chère Tinamer. Tu n'as plus qu'à attendre les résultats. Va, tu ne seras pas déçue. Longtemps tu te souviendras du nom d'Etna.

La drogue, loin de me revigorer, m'a laissée dans une faiblesse extrême. À peine ai-je la force d'apercevoir la gélinotte, la mine scélérate, les deux sourcils se rejoignant au-dessus du regard moqueur qu'elle me lance en s'éloignant au milieu de ses six énergumènes, mi-poules, mi-femmes ; elle joue avec la mandarine que je m'étais gardée en prévision des mauvais jours, la lance en l'air, la rattrape, puis je ne vois plus que sa houppette jaune qui flotte dans le noir...

Quand je reviens à moi, je me lève avec une précipitation qui n'a rien de naturel ; les bras me remuent comme à ressorts ; mes yeux sont ouverts, ronds comme ils ne l'ont jamais été, mais je ne distingue rien. Tout à coup, un vent furieux ébranle le château, une fenêtre s'ouvre avec fracas, je me sens happée au-dehors, je m'agrippe à un bâton, le bâton suit et me voici planant dans la vague des airs, sans trop savoir ce qui m'arrive, quelle voiture me porte, quel espace je parcours. À un moment donné, j'ai l'impression de frôler la lune, je me dis que le comté de Maskinongé n'est plus loin, puis je me rends compte que je descends au milieu d'une tumultueuse assemblée, à cheval sur un manche de balai. C'est Mardi gras ou la Mi-Carême. Au-dessus des masques, drapé dans ses guenilles, Léon de Portanqueu, plus esquire que jamais, préside à la fête du haut de son trône. Seulement, je remarque qu'au lieu d'avoir ses pieds et ses jambes ordinaires, il a des sabots et des pattes de bouc.

Dès mon arrivée, de grands éclats de rire m'accueillent; on m'entoure; je me sens tirée par le nez. Je ne comprends pas comment on puisse le faire. En même temps il part une huée générale, et tous me crient à la fois aux oreilles: « *Oh! oh! oh! che naso brutto!* » Le président veut élever la voix pour en imposer; mais les éclats de rire n'en deviennent que plus violents et le même refrain les accompagne: « *Oh! oh! oh! che naso brutto*[13] *!* »

Je m'aperçois alors que moi, Tinamer de Portanqueu, je suis couverte de plumes, le corps ramassé, les yeux ronds, le bec long et pointu comme une bécasse du Canada; j'ai même au-dessus de ce bec, là où j'avais le nez, une sorte de retige emplumée, très fine et très longue, que n'a pas l'oiseau de l'espèce susdite.

---

13. De l'italien: « quel vilain nez »; tiré du roman *Ollivier*, de Jacques Cazotte (1763).

Un farfadet m'avait saisie par cette excroissance anormale et me faisait faire le tour de la compagnie, toujours accompagnée des éclats de rire et du *naso brutto*.

Léon de Portanqueu, impatienté, se lève et d'un coup de sabot ébranle le marchepied du trône. Debout, on voit sa queue longue et musclée, un membre que n'a pas mon père, que je sache. Le coup de sabot a été si brutal qu'on est certain cette fois que le président ne badine pas. Toute la mascarade terrorisée se prosterne en silence. « Fort bien, dit-il d'une voix enrouée, qu'on se tienne désormais dans ce respect. » Puis, me désignant, il me fait signe d'approcher.

— Gentille bécasse du Canada, ta place n'est pas ici, aussi vrai que cette longue plume qui dépasse ton bec est incongrue. Non content de te transformer en volatile et de t'envoyer ainsi déguisée dans une assemblée où les petites filles ne sont pas admises, croyant tromper ma vigilance, on t'a frotté le bout du nez pour y faire croître cette plumaille ridicule... Je crois que j'entends rire encore ? Ah ! par la jarnie ! si j'entends parler de *naso brutto*...

Ceux que j'avais pris pour des masques et qui n'étaient peut-être que des mauvaises gens, magiciens, griffons, hippogriffes, loups-garous, cyclopes, gobelins et autres confréries, restaient tremblants et prosternés, n'ayant nullement envie de rire. La voix éraillée de Léon de Portanqueu, ou du supposé tel, les tenait aux tripes... Il reprit à mon adresse, en m'appelant par mon nom, qu'il connaissait aussi bien que moi l'auteur du sortilège dont j'étais la victime.

— Elle se nomme Etna et se cache sous les plumes de la gélinotte. Tinamer, écoute-moi bien : retourne sur tes pas, va dans l'appartement du château où repose cette dame, arrache la touffe de plumes qui lui sert d'aigrette et tu auras lieu, ma fille, d'être satisfaite.

Tout cela était bien beau, mais comment retourner sur mes pas ? J'allais le lui dire honnêtement lorsque ce prince du sabbat, à ma grande surprise, lâcha un long pet et je me retrouvai aussitôt dans le château d'Etna ou de la supposée telle. Je crus avoir rêvé. J'allai me regarder dans un miroir et, tout en ayant beaucoup de considération pour la bécasse du Canada, je trouvai que sa défroque ne m'allait pas, non, pas du tout ! Et le *naso brutto* encore moins. Alors, sans hésiter, bien décidée à me venger, j'entre dans la chambre de la méchante femme, de cette sorcière qui a usurpé le nom de ma mère. Elle repose sur son lit, l'air innocent, dans le jaune serin de son plumage. Je lui porte la main au front, lui arrache sa houppette. Elle pousse un cri aigu. Que vois-je ? Le château disparaître, Etna et ses compagnes, les poules endoctrinées, dépouillées de plumes, transformées en dégoûtantes harpies, s'élever en l'air sur des ailes de chauves-souris, avec un bruit de moteur à gazoline et une odeur d'herbes coupées… Mon père achève de tondre le gazon. Plus de miracle, plus de pissenlits ! Quel pauvre homme il fait, serviteur de cette Etna qui vient de me causer tant de tribulations ! Couchée sur la pelouse, justement je peux remarquer qu'il n'a pas de pieds de bouc ni de grande queue… Me serais-je endormie au début de mon rêve, au moment où Monsieur Northrop et la petite fille aux cheveux blonds me sont apparus à l'orée du bois ?

Léon de Portanqueu va remiser sa tondeuse dans le hangar et revient s'asseoir auprès de moi. Il a chaud. Un maringouin se pose sur son front, déjà gorgé de sang quand mon père se rend compte qu'il est piqué. C'est la vengeance des pissenlits, c'est aussi le signe que la dernière fleur de l'amélanchier laisse tomber ses pétales dans la petite clairière et que dorénavant jusqu'à l'automne, le bois nous sera fermé.

— As-tu été loin ? me demande mon père.

Je lui réponds qu'en frôlant la lune, j'ai été aussi loin que dans le comté de Maskinongé. Ce qui ne l'étonne pas du tout parce que c'est samedi et que le samedi, tout peut arriver.

CHAPITRE SIXIÈME

« QUAND J'AVAIS TON ÂGE, Tinamer, il y avait dans le comté de Maskinongé un petit garçon qui te ressemblait beaucoup. Comme il vivait surtout dans la compagnie des femmes, il ne pensait pas à imiter son père. Il avait, certes, une petite gueurlite comme en ont tous les garçons, qui lui servait à faire la merveille du genre humain, c'est-à-dire pipi debout, mais il n'en tirait aucune gloire ; il n'en parlait même pas, aussi discret à ce sujet que sa mère, sa tante et ses deux servantes qui faisaient pipi assises, il avait pu le constater sans en déduire toutefois qu'elles n'avaient pas de gueurlite. En principe, rien ne les empêchait d'en avoir une ; rien ne les obligeait non plus à s'en servir étant donné que la merveille du genre humain n'allait pas sans inconvénient, il en savait quelque chose quand par mégarde il mouillait le siège des toilettes et que l'une ou l'autre des femmes passait après lui ; il ne manquait jamais d'en apprendre la nouvelle.

« Il avait les cheveux de ta couleur, à peu près de la même longueur, mais alors que tu penses les avoir aussi courts qu'un garçon, il pensait les avoir tout aussi longs qu'une fille. Il les porta ainsi jusqu'à l'âge de six ans. Quand il sortit du gynécée pour aller à l'école, il lui fallut bien les porter à la garçonne, c'est-à-dire les oreilles découvertes. À son retour du barbier, sa mère et sa tante se mirent à pleurer. Les servantes, pour leur part, se moquèrent du fait qu'il les avait décollées. Il eut beau crâner, le soir venu, lorsqu'on le mit au lit, il ne se sentit bien que du côté sur lequel il était couché ; de l'autre, l'ombre lui farfouillait dans l'oreille et l'empêchait de dormir. Longtemps, il exigea qu'on lui remontât le drap jusqu'à la tempe, tout en lui découvrant le museau pour qu'il pût respirer, ce qui n'était pas facile.

« De plus il porta la robe presque aussi longtemps que les cheveux longs. Comme tu peux en juger, chère Tinamer, ce garçon-là qui, par ailleurs, avait ton minois, même visage et physionomie, était presque ton pareil. Qu'il ait grandi sur la rive opposée de la mer des Tranquillités ne l'a pas empêché d'en subir la douce influence, comme toi. S'il a été différent de toi, c'est par l'époque. Alors que de nos jours, il ne passe rien de bon par la rue, en avant de la maison, dans son temps, les choses n'étaient pas partagées en un bon et mauvais côtés. Pas très loin de la maison, de l'autre bord de la rue Saint-Laurent, qui était aussi la route nationale et le Chemin du Roi, se dressait une église[14] aussi vaste qu'une cathédrale, orgueil de la ville et de la paroisse. Or, un matin, il n'en était resté que les murs, haute enceinte fumant vers le ciel. Des bruits sourds et crépitants m'avaient éveillé au milieu de la nuit. Je devais avoir quatre ou cinq ans. C'est le premier de mes souvenirs nocturnes ; il m'a fait grande

---

14. L'église de la paroisse Saint-Antoine-de-Padoue, détruite par un incendie dans la nuit du 14 août 1926.

impression. Cet incendie a changé l'idée que je me faisais de la nuit qui, antérieurement, m'apparaissait comme un barrage à la mémoire, un empêchement à la conscience. Le soir, quand on me mettait au lit, il m'était possible de repasser les menues péripéties de la journée, mais les yeux me fermaient bientôt. Je me disais : "À quoi bon ? Demain j'aurai tout oublié." Ma journée s'achevait dans l'ombre comme ces rêves qu'on fait dans le sommeil et qui, pour agréables qu'ils soient ; se dissiperont, on le sait, dès le réveil. Le lendemain matin, je me souvenais du moins de ma prédiction ; je vérifiais, elle était juste : je ne gardais de la veille que l'impression d'un songe sans substance, comme si j'avais dormi depuis ma naissance. Cette journée-là s'était fondue dans la nuit ; pourtant je savais que j'y avais été sur pied, actif et vigilant, et capable, le soir venu, de faire mon acte de conscience, c'est-à-dire de me la remémorer ; malgré tout je ne m'en souvenais plus.

« Il n'y avait pas de quoi me faire un drame, car en même temps que je constatais mon incapacité à retenir, au moins j'étais retenu : je retrouvais ma chambre, les bruits de la maison et de la rue, l'univers familier de ma mémoire extérieure. Chaque matin, j'étais sauvé par elle et j'en éprouvais de la reconnaissance pour les divinités de mon enfance. Mais je n'étais peut-être pas né adorateur. Ma mère avait commencé d'être malade. Quand elle s'absentait, les bonnes ne la remplaçaient pas complètement. Dans ces circonstances, j'ai été porté à penser fort tôt qu'il était périlleux d'être sauvé ainsi, chaque jour, et qu'il serait avantageux, à tout le moins prudent, d'ajouter à la pérennité de l'ambiance une mémoire qui me fût propre, grâce à laquelle je serais devenu un peu mon sauveur. Cette mémoire existait certainement puisque ma mère et les bonnes parvenaient à faire passer l'ombre à leurs esprits. Je le savais de bonne part, tirant d'elles des renseignements sur la veille et me faisant raconter ce que j'avais oublié.

« J'ai dû penser que, renvoyé d'un jour à l'autre comme si je mourais le soir pour renaître le matin, recommençant toujours à rien, petit tournesol ne disposant que de quelques heures d'épanouissement, de conscience, de réflexions aussi vite perdues qu'acquises, j'ai dû penser que je n'apprendrais jamais rien, coincé entre les deux hautes murailles de la nuit. Cette idée, dont je me souviens, est le contraire d'un souvenir puisqu'elle ne me rappelle que l'impuissance de ma mémoire d'enfant. Je ne suis même pas certain de l'avoir conservée par moi seul. De cette impuissance qui m'étonnait, qui m'inquiétait sans doute autant car elle me donnait le sentiment de ma précarité, j'ai dû m'ouvrir à ma mère et ce serait par sa mémoire doublant encore la mienne de sa puissance tutélaire, même si elle est morte depuis longtemps, que je me souviens de ce jour unique de mon enfance toujours cernée par la nuit. Je n'y ai pas attaché beaucoup d'importance jusqu'à ce que j'entre dans un lieu d'exclusion, dans un lieu secret où l'on garde enfermés des enfants aliénés… »

J'interrompis Léon de Portanqueu pour lui faire remarquer que jusqu'ici j'avais subi son discours avec beaucoup de patience ; qu'il n'était plus un petit garçon avec des cheveux de fille et une gueurlite dérisoire ;

que le comté de Maskinongé n'était pas aussi édifiant qu'il voulait me le laisser croire puisque je l'avais vu y présider un sabbat avec des pieds de bouc et une longue queue musclée.

— Tu n'as raison que sur un point, le manque de mémoire des enfants. On oublie de jour en jour ce qu'on est. Tu ne m'apprends rien même si je ne te comprends qu'à moitié... Les enfants aliénés, qu'est-ce au juste ?

— Tinamer, ce sont tout simplement des enfants comme les autres qui ont oublié ce qu'ils étaient, mais qui, à la différence des autres, ne sauront plus jamais ce qu'ils ont été déjà.

— Qu'ils deviennent des autres qu'eux-mêmes !

— C'est impossible, toute leur force, tout leur courage, toute leur âme s'épuisent à se retrouver.

— On les enferme pour ça ?

— Oui, Tinamer.

— Continue, Léon.

— Je disais que dans ce lieu d'enfermement et de perdition pour enfants déjà perdus, j'ai beaucoup réfléchi et en particulier sur ce jour si seul et si précaire qui constitue la conscience des premières années ; je me suis demandé, et me demande encore, si des enfants plus doux que les autres, incapables de clamer leur désarroi, ne perdent pas l'esprit quand, s'éveillant d'une nuit dont ils ont oublié la veille, ils se voient dans un monde nouveau qui n'a pas plus de mémoire qu'eux.

« Avant l'incendie de l'église, la nuit ne m'apparaissait pas comme une chose simple. La chose simple, c'était le jour. Elle, toujours double, la nuit derrière, la nuit devant, et peut-être doublement double, glissant deux latérales pour compléter le quadrilatère, peut-être même plus complexe encore, tenant du système, d'un système contre mon entendement. Contre mes quelques heures de règne elle englobait mon passé et mon avenir, plus la durée incalculable de tous les temps, plus les espaces infinis qui se perdent derrière les étoiles. Je n'étais pas de taille à me mesurer contre elle. Sans la protection des divinités familiales, j'aurais été sa proie et n'en aurais rien su. Son système a tenu bon aussi longtemps qu'elle a été multiple. Mais cette nuit-là, la nuit de l'incendie de l'église, tout a changé. Ce fut une nuit unique. Les bruits qui m'éveillèrent, le bruit sourd des poutres crépitantes qui tombaient alors que les flammes fusaient déjà par les trouées du toit, ces bruits marquèrent l'effondrement de son système. Cela soit dit sans établir un rapport de causalité entre un élargissement de conscience et la perte d'une église. On peut se libérer à moindre prix, mais on ne peut pas, non plus, empêcher certaines coïncidences, comme disait mon père dont la malice ne désarmait jamais. »

— Tu avais un père ? C'est peut-être lui que j'ai aperçu ?

— Je me revois, la main sur la rampe, descendant le grand escalier. Sur la galerie, ce père que tu dis avoir vu dans une mascarade (et c'est bien possible car il était maquignon, ivrogne, maquereau et député), ma pauvre mère, tante Irène, les deux bonnes n'avaient jamais eu meilleure loge et jamais n'avaient vu un aussi grandiose spectacle. Je les rejoignis enfin. Mon père me prit sur ses genoux. L'illumination n'était pas au-dehors, mais au-dedans de moi-même.

Mon petit théâtre intime et personnel commençait. Je me disais que pour la première fois de ma vie j'allais traverser la nuit et qu'à l'avenir elle ne s'interposerait plus entre ma conscience de la veille et ma conscience du lendemain, qu'enfin et pour toujours je me trouvais réuni à moi-même, capable de continuité par mes seuls moyens, indépendant de la topographie familière qui m'avait jusque-là servi de mémoire. Je jubilais mais je me mis à pleurer. « Oui, c'est triste, dit ma mère, une église qui brûle. » Je venais tout simplement d'entrevoir la possibilité de me libérer de mes parents.

En écoutant Léon parler ainsi, je me demandais si la nuit que j'avais rêvée, autrement plus spectaculaire que son incendie d'église, n'était pas l'équivalent de la sienne. Chose certaine, je n'étais pas loin de me réunir à moi-même et de me libérer d'autant de lui et de ma mère Etna… Les maringouins, montant la garde devant le bois, nous l'interdisaient dorénavant jusqu'à la dernière moitié du mois d'août. Je serais deux mois sans revoir Mary Mahon, Messire Hubert Robson et le curieux Monsieur Northrop. Le bon côté des choses se trouvait réduit à la maison et à la moitié du jardin.

— Parle-moi, encore du comté de Maskinongé, de ton père le roi des sorciers, du lignage des de Portanqueu, du commencement du monde.

Il me répondit que, nonobstant notre noblesse certaine et très ancienne, nous ne remontions pas à Adam et à Ève mais au déluge seulement. Ce qui faisait que notre bible ne correspondait guère à l'autre, celle de tout le monde.

— Demain, dimanche, je t'en commencerai la lecture. Il est temps après tout, Tinamer, de s'occuper de ta formation religieuse.

CHAPITRE SEPTIÈME

NOTRE BIBLE SE LISAIT AINSI : « Il y a eu trop de commencements des temps, on ne saura jamais où l'on est rendu si l'on veut les garder tous. Mise à part la naissance, seule irrémédiable, tous les départs sont sujets à reprises, les commencements à recommencements. L'espace est là tout autour qui joue de bons tours au temps en le replantant comme du blé. Pour relancer la genèse, il ne faut pas la prendre de trop loin.

Si jamais de la Rochelle
Mon enfant est parti sous la pluie
Autrement que dans les goussets
De ses procréateurs autorisés,
Il a vu les digues du ciel
Se rompre aux quatre points cardinaux,
La Charente, l'Angoûmois, l'Aunis
Et la Saintonge s'abîmer
À la poupe du bateau,
L'eau s'épandre sur toute la terre
Et engloutir toute mouvance,
Même le vol des oiseaux de mer,
Pendant plus de quarante journées.
Les voiles criaient secours à Dieu

Dans le vide du ciel
Et demandaient le retour de la terre
De la part du capitaine huguenot...

Le péché d'origine ne se retrouve pas dans la complexion québécoise. Les de Portanqueu n'ont pas recours à un père et à une mère incestueux; ils tirent leur origine de trois frères.

Que le déluge a dû lui sembler long
À ce garçon parti de la Rochelle!
Puis il a vu les vents invers
Ramener à rebours des voiles,
Derniers partis, premiers arrivés,
Mouettes, goélands et margaux;
Il a vu la baye des Châteaux,
La falaise de Gaspé-Nord
Et les marsouins de Tadoussac.

Par devant Québec a émergé,
Couverte d'un vignoble prévu,
L'isle de Bacchus, nommée depuis
Orléans en l'honneur de la Pucelle
Et de Monsieur, frère du roi
Qui toute sa vie la respecta
Car dessous les feuilles de vigne,
Il n'y avait couilles ni raisins.

Ce fut là une bien petite arrivée
Après un tel grand voyagement.
Capitaine Noé s'en est retourné
Sans s'être mis à poil ni saoulé;
En punition de son hérésie

Il ne rapportait que le fumet
Du castor et des cache-sexe.

Dieu catholique en Neuve-France
Point ne voulait du huguenot,
C'est pour cela qu'il a triché
Sur la genèse.
Puis comme l'enfant était garçon,
Pour son établissement,
Il lui a rendu,
À défaut du péché originel,
Raisins et couilles réunis,
De quoi se distiller
Une p'tite bagosse d'avenir.

Ce garçon a fort bien pu être ce Jean Gélineau qui, l'an 1662, âgé de 16 ans, parut comme témoin dans un procès aux Trois-Rivières. Il était venu de Xaintes avec son père Estienne, lequel, après l'avoir établi à Machiche, s'alla remarier et demeurer à la Pointe-aux-Trembles où il fit souche de Gélineau. Le fils, lui, sera à l'origine de trois lignées. Tout d'abord, son nom évoluant de Gélineau en Gellyna, de Gellyna en Gélina pour se fixer lorsqu'on lui aura ajouté l's final, il sera l'ancêtre de tous les Gélinas. Puis il l'a été de tous les Bellemare. En même temps qu'il arrivait à Machiche, la troupe du Marais put opposer au capitaine Fracasse de l'Hôtel de Bourgogne un capitan nommé Bellemore ou Matamore. Le premier Bellemare aura sans doute été un Gélinas vantard. Dans le milieu traditionnel que l'écriture n'influence pas, ce nom a toujours été prononcé Bellemore... Enfin Jean

Gélineau, dit Gélinas, dit Bellemare, sera aussi l'ancêtre des Lacourse, mais ces derniers, prenant au mot leur nouveau patronyme, ne resteront guère dans la place et laisseront aux deux premiers l'honneur d'avoir fondé Machiche.

Personne ne met en doute qu'à ce garçon de la Rochelle, aujourd'hui trois fois patriarche, Dieu ait rendu ses attributs, gueurlite, boulettes et tout. Il sut s'en servir et distilla si bien qu'une légende veut qu'il n'ait pas été seul mais qu'il fût trois. C'est la légende des trois frères que l'on retrouve après chaque déluge et que bien d'autres familles de Machiche et d'ailleurs se sont appropriée.

On part de soi, on débouche sur le confinement de la maison, première mémoire de l'enfance, puis, de ce mickouam enfumé et doucereux, on passe à des environnements plus limpides, à des espaces de plus en plus vastes qui, en inventant le monde, approfondissent le temps; de sa naissance, on tombe à l'origine de ses familles, après le déluge de l'Atlantique, et l'on repart de Yamachiche qui, vers l'est, empiète sur le comté de Maskinongé. C'est là que commence l'histoire des de Portanqueu. Longtemps ils n'en menèrent pas large. Ils s'appelaient Ferron.

Les Ferron n'ont rien fondé, tard venus, arrivés de justesse et plutôt ridiculement à la fin du Régime français. Peu s'en fallut qu'ils ne vinssent Anglais. En conformité avec le nom, ils commencèrent leur carrière américaine aux forges de Saint-Maurice où, faute de pucelle et de salamandre, ils prennent en mariage la veuve Dubeau qui les emmène faire souche à Machiche, dans les concessions peu recherchées. Le premier à sortir de la lisière du bois, dernier enrôlé du Saint-Père, se mettra zouave moins pour aller à Rome que pour monter dans le ciel mauricien ; il se traîna si bien les pieds qu'il arriva en Italie les combats finis. Sa bravoure assura sa fortune, mais son nom n'est mentionné que dans les Zouavianas très locaux. Plus heureux, le docteur Wilbrod pourra lire dans *La Croix*, le célèbre journal de la ville de Paris, que durant l'été de 1901 le fleurdelisé du Sacré-Cœur a flotté sur sa résidence près de l'église, à Saint-Paulin. Quant à la gloire, elle ne viendra qu'avec Rose Ferron, la stigmatisée de Woonsockett, sur laquelle on a écrit un livre en anglais et en français.

La légende des trois frères descendant du déluge pour fonder Machiche, les Ferron se la sont appropriée, quitte à se mettre dans l'embarras de ne pas savoir duquel des deux ils descendaient, n'étant sûrs que du troisième, prénommé Jean, qui n'avait pas fait souche de Ferron en pays machinois, ayant continué à l'aventure « vers les pays hauts pour rouler parmi les Sauvages, sous l'étoile du Nord », curieux mélange de Gélinas-Lacourse, de Ti-Jean Canadien et du malheureux fils de Noé. Avant de repartir ainsi, il aurait eu le temps de délivrer un de ses frères, captif des Anglais dans le fort de Maskinongé, au prix du bout de son pouce gauche, tout comme le beau Viger, en 1837. À cette marque, longtemps après, on avait reconnu un frère dans un quêteux qui s'était ramené, un jour d'été, quêteux étrange contre lequel le chien de la maison n'avait pas aboyé et qui, ne pouvant pas demander la charité, se taisait, détournait le regard et cachait son pouce dans le creux de sa main gauche. Il mourra parmi les siens, à Machiche, sur les hauteurs de Saint-Sévère et de Saint-Léon, mais pour rien au monde, tel Ulysse et de nombreux héros voyageurs, il n'aurait dit le premier qu'il se nommait Jean Ferron. Ç'avait été son frère Claude, celui-là justement qu'il avait délivré des Anglais, qui était allé l'accueillir sur le perron et du premier coup d'œil avait été intrigué, se demandant qui se cachait sous ce quêteux sans nom. La suite, longue à raconter, ne l'était pas à entendre car le mauvais destin du voyageur était resté dans le chemin, prêt à le reprendre, et si le chien de la maison s'était mis à aboyer, c'était contre ce destin pendant que le cultivateur de son côté, avec d'infinies précautions, s'employait à le conjurer en démasquant son frère.

— Marie-Josephte, ma femme, sors la nappe de lin et sers-nous ce que tu as de meilleur.

— Donnez-moi seulement une beurrée de mélasse et une gorgée de rhum. Il reste encore un bon bout de chemin à parcourir avant la nuit.

À présent que le quêteux a parlé d'une voix qu'il cherche à changer, Claude, le cultivateur, n'en est que plus curieux car il lui semble que cette voix déguisée lui dise quelque chose. Il commande à sa fille d'aller tirer l'eau du puits, prétendant que par ces jours de chaleur la moindre poussière que le pas soulève vient se coller aux mains et au visage du voyageur. Quand l'eau est apportée dans un bassin de faïence, le frère ne peut plus dissimuler son pouce gauche.

— Une blessure de guerre ?

— Ça ? même pas, un fâcheux accident, une blessure de couteau.

— Tiens ! J'aurais pensé à une blessure d'épée.

Mais Claude n'insiste pas et tend l'essuie-main au quêteux. Celui-ci de dire : « Qu'est-ce que le chien peut bien avoir à aboyer maintenant ? Quand je me suis approché, il est resté muet. »

— Voyageur, ce chien aboie, tourné vers le chemin, contre le mauvais destin du frère que j'ai perdu.

C'est au tour du quêteux d'interroger le cultivateur, curieux d'apprendre quel souvenir ce frère a laissé.

— Il n'a laissé que des regrets et de l'espoir.

— Quel espoir ?

— L'espoir de son retour.

— Après tant d'années ?

Claude de souffler d'aise car il n'a pas dit depuis combien de temps son frère est parti.

— Voyageur, serait-ce que tu l'as connu ?

— Oui, je l'ai connu. Il se nommait Jean Ferron. C'est pour vous parler de lui que je suis arrêté.

Un tel récit, qui ne fait que rapporter les paroles des deux frères, tient du théâtre et peut durer longtemps si le conteur est bon comédien, car la rencontre originale aurait été très longue. Arrivé le midi, le quêteux n'avait admis qu'à la fin de la nuit qu'il était Jean Ferron. Cependant dès la tombée de celle-ci, on pouvait être sûr du dénouement, car le chien cessait d'aboyer ; il rentrait à la maison et Claude, dont la patience était inépuisable, pouvait redire à la mort possible de son frère, en Colombière[15], près du deuxième océan :

_____

15. Francisation par l'auteur du nom de la Colombie-Britannique.

— D'une telle blessure, en pareil combat, un autre que lui aurait péri, je n'en doute pas.

— Je l'ai quitté, il était à deux doigts de la mort.

— Ces deux doigts lui auront permis, voyageur, de se dévirer de justesse du côté de la vie.

— Je voudrais bien le croire.

— Moi, j'en suis certain car le chien est rentré; le mauvais destin de mon frère n'est plus dans le chemin.

— Où donc est-il passé?

— Voyageur, il n'y a plus de mauvais destin; mon frère, pour cette nuit, peut-être pour toujours, est en sauveté dans une maison où il se sent bien dans sa peau, à l'abri de la gent ténébreuse.

Ce fut ainsi que le troisième frère, celui de l'aventure, resta parmi les siens et mourut à Saint-Léon-en-Maskinongé, y rapportant et fixant le centre du monde. Ce fut ainsi que les Ferron, en plus de semer le blé français et le sarrasin, se firent fabuleux pour donner regain à un vieil héritage, relancer le conte et la chanson qui font partie des nécessités de la vie. Dès lors, tels les Gélinas pour les Bellemore, rien ne les empêchera d'avoir leurs vantards, leurs glorieux, et de faire souche des de Portanqueu... »

Mon père referma sa bible, le dimanche n'était pas fini; je lui fis remarquer que son folklore édifiant, sa saga ferronnienne et hérétique, ne m'avait pas fait voir le comté de Maskinongé, au-delà de la mer des Tranquillités. Il me répondit: « Tinamer, il faut d'abord que tu saches que cette mer n'est qu'une représentation lunaire du lac Saint-Pierre, grande étendue d'eau sans profondeur dont le comté sort en douceur par des prairies basses et mouillées qui ne sont bonnes qu'à la couleuvre et à la grenouille-buffle, dont le grand foin cache le partage de la terre et des eaux. »

« Maître serpent des paradis printaniers
Laisse derrière lui des chemins sinueux
Qui montent vers le sec et par lesquels
On gagne les hauteurs de Chacoura
Où dès juin, chaque été,
On fait les foins pendant que le pois
De la gaudriole
Fleurit au flanc du coteau.
Au-delà de Saint-Léon, déjà
L'automne avance ses collines
Pour cacher le Bout du monde,
Saint-Paulin, Saint-Alexis,
Et garder secrètes les fontaines
De la rivière du Loup.

Adam suit sa côte d'Ève ;
Il monte des bas vers les hauts
Du comté
Flanqué de deux anges tutélaires,
L'un vers Berthier, le matin,
L'autre vers Machiche, le soir.
Deux anges qu'il ne voit pas très bien
Dans son ombre.
Derrière lui, derrière toi,
Parmi les joncs et les canards de bois,
La petite sarcelle arrive
Et la grosse outarde.
La chasse sévit dans la baie des Ouines,

Sur toutes les battures
Du lac Saint-Pierre;
Elle sévit, ma cousine,
Et nous allons à la nôtre:
Il n'y a pas de pommier
En Maskinongé.
Viens que nous mangions
Au moins des cenelles.

Les piquants de l'aubépine
Cachent la lancette
De Maître Serpent.
Où finit le bien, cousine,
Où commence le mal?
L'orignal à perdre l'âme
Brame pour le combat;
Il ne t'aperçoit pas
Juchée sur son panache,
Tu me tends le fruit défendu,
Le fruit piqué des vers,
Dont il reste encore des morceaux
D'innocence
Rendus exquis par la gelée. »

Je crus comprendre que ce comté de Maskinongé,
commençant par des plaines, finissait en collines, que
je ne devais en attendre plus de précisions de Léon de
Portanqueu, esquire, étant donné que c'était le pays
de son enfance, son pays particulier qu'il ne pouvait
livrer, malgré qu'il en eût, et que je n'y serais jamais
qu'une bécasse du Canada. J'avais d'ailleurs mon propre
pays, faisant pendant au sien, de l'autre côté de la mer
des Tranquillités.

CHAPITRE HUITIÈME

J'EUS DE NOUVEAU ACCÈS au sous-bois, du bon côté des choses, quand mon pays, le domaine de mon enfance, cessa d'être une maringouinière, vers le milieu du mois d'août. Je n'y pénétrais pas trop avant, encore impressionnée par la bécasse aux yeux ronds, au bec pointu, au *naso brutto* superflu, par sa cage de laiton, le sabbat où elle m'avait menée ; j'avais beau me dire que cette métamorphose relevait du rêve, je l'avais éprouvée ne sachant pas que je rêvais, tout autant que si je l'avais vécue ; elle pouvait d'ailleurs être encore plus significative en ne correspondant pas à la réalité. Je ne me risquais donc dans le bois que juste assez loin pour ne pas perdre de vue la maison et pour espérer revoir en même temps la fillette aux cheveux blonds et aux yeux verts, Messire Hubert Robson, son protecteur, et Monsieur Northrop en compagnie duquel je l'avais aperçue une fois lors des derniers beaux jours de mai. Il me semblait que j'avais été impolie envers elle, sauvageonne et farouche autant qu'une bécasse ; si je la revoyais, je me promettais, cette fois, de lui parler, et même, avec de la veine, de devenir son amie. Je supposais qu'il s'agissait d'une unique petite personne du nom de Mary Mahon, mais je n'en avais pas la certitude. Il y a moins de fillettes blondes aux yeux verts que de brunettes comme moi, mais il y en a encore plusieurs et celle qui tenait la main du vieux gentleman n'était peut-être pas la même que cherchait le pauvre prêtre.

Durant toute une semaine je les attendis en vain. Mes trois chats rôdaient autour de moi. À part eux, je ne vis que des petits d'oiseaux, bien aussi gros que leur père et mère, mais maladroits et entêtés, qui, au lieu de se préparer à descendre en Floride, au Mexique, à Cuba, se faisaient tout un drame d'être sortis du nid et dont Jaunée, Bouboule et Thibeau apaisaient les plus bruyants. Puis, alors que je ne pensais plus guère à lui, Monsieur Northrop sortit d'une talle de cornouillers; il passa près de moi, tout en courbettes et en cérémonies comme à l'accoutumée. Le temps de me ressaisir, il avait disparu derrière mon dos. Je me retournai aussitôt : il se trouvait à quelques pas de moi, arrêté pour consulter sa montre. Comme je m'attendais à le revoir, lui, le premier, je m'étais préparé une entrée en scène. Je le rejoignis : « Monsieur, dis-je, aimez-vous les carottes ? » Il feignit de ne pas m'entendre. Je répétai ma question, alors il sortit de son ravissement, parut très surpris, voire un peu inquiet.

— Comment ? Comment ? fit-il.

— Monsieur, aimez-vous les carottes ?

— Comment pouvez-vous savoir ?

— Mon Dieu !…

— Répondez, c'est très important.

Je me sentais intimidée. L'entrée en scène n'était pas à proprement parler de moi. C'est mon père qui m'en avait donné l'idée et je ne pouvais pas m'empêcher de penser qu'il n'était pas un homme de tout repos, pas méchant, mais mystificateur à ses heures. Il m'avait dit : « Pose-lui cette question-là et tu verras, Tinamer, malgré l'excellent dressage auquel il a été soumis, qu'il a gardé intacte sa nature de lapin. » Je n'en doutais pas, mais je craignais qu'à le dire je ne parusse mal élevée à ce gentleman aussi courtois que délicat.

— Mon Dieu, repris-je d'une voix pâle, quand on a déjà été lapin, il est tout naturel d'aimer les carottes.

— Les carottes, avez-vous dit ? Oui, en effet, je les aime beaucoup, petite Madame.

J'en avais caché une dans ma manche. Cela faisait partie de mon stratagème. Je la lui tendis, il la prit et, sans même me remercier, se mit à la grignoter très vite, du bout de ses incisives.

— Monsieur Northrop, lui dis-je, je sais que vous êtes Anglais de nation et de profession, que vous l'êtes par mérite plus que par tempérament, mon père me l'a appris, comme c'est de lui que je tiens qu'auparavant vous étiez lapin. Je comprends que vous vous arrêtiez souvent en chemin pour consulter votre montre et que vous soyez toujours content de l'heure…

S'arrêtant de grignoter, il m'interrompit :

— Pourquoi serais-je toujours content de l'heure ?

— Parce qu'à présent que vous êtes Anglais, jamais plus vous n'êtes en retard. Ça, c'est un fameux avancement. Autrefois vous craigniez sans cesse que la Duchesse ne vous fît couper la tête, souvenez-vous : pas moyen d'y échapper, disiez-vous, aussi vrai que deux et deux font quatre.

— Voilà un curieux raisonnement, fit-il en jetant le trognon de sa carotte, un bien curieux raisonnement !

Inquiet, il tira vivement sa montre de la pochette de son gilet, regarda l'heure et fut entièrement rassuré. Mais, en même temps qu'il consultait ainsi sa montre, profitant que toute son attention était tournée vers elle, j'avais pu constater qu'il ne s'agissait pas d'une montre mais d'une boussole.

— Oui, en effet, je ne suis pas en retard. Quelle satisfaction, ma petite dame, quelle grande satisfaction !

Il referma le boîtier et remit la boussole dans la pochette de son gilet. Je pensai lui demander l'heure, puis il me sembla que ça serait indiscret. Je lui dis à tout hasard : « Monsieur Northrop, une chose que je ne comprends pas, c'est le jeu des quatre coins. – Ah oui ! le jeu des quatre coins », fit-il en prenant un air aussi sérieux que si je lui avais parlé de la passion et de la mort de Rédempteur Fauché[1], enterré la tête au nord par Doudou Boulet, l'homme de main du roi Hérode[16].

— Dans ce jeu, repris-je, quatre garçons se placent à chaque coin. Ils se nomment Will South, Alfred East, Timothy West et Henry North.

— Oui, en effet, ma petite dame.

— Plus tard, devenus marins, chacun d'eux partira dans la bonne direction.

---

16. Roi de Judée, célèbre pour avoir ordonné le massacre des saints Innocents ; l'auteur donne ici ce nom au ministre de la justice de l'époque, Claude Wagner.

— Oui, c'est certain.

— Alors dites-moi, Monsieur Northrop, que restera-t-il entre les quatre coins, au milieu de plus en plus vaste, de plus en plus vide ?

Il me répondit qu'au centre du jeu il restait une petite maison avec pelouse, haie et grimpants, presque invisible dans la verdure, « une maison que nous nommons *home* ». Il eut un long soupir et regarda autour de lui.

— Même si je ne suis pas en retard, tout n'est pas encore parfait ici : les chênes que j'ai plantés sont loin d'être assez grands pour être réquisitionnés par la marine de Sa Majesté la reine Victoria. Il me faudra encore patienter trente ou quarante années avant que ce bois soit transformé en une forêt de mâts. Mais il y en aura pour toute une flotte, ah oui ! petite dame, pour toute une flotte ! Alors, larguez les amarres ! Nous hisserons les voiles à la place des feuilles et la marée nous emportera vers la Grande-Bretagne.

Monsieur Northrop était tout ému, tout tremblant. Jamais il ne s'était laissé aller à tant parler. Je me disais en l'écoutant que son entreprise de reboisement lui susciterait un fier ennemi en la personne de Léon de Portanqueu, esquire, fin causeur et fils de cultivateur. Je me disais aussi que la Grande-Bretagne, ça devait être son comté de Maskinongé à lui. Quant au déménagement maritime de mon domaine, je le trouvais extravagant, pour ne pas dire inepte. Heureusement qu'il n'était pas pour demain ! À cause du délai, trente ou quarante années, une éternité ! je me gardai bien de m'en formaliser. Mine de rien, je demandai seulement au vieux gentleman s'il emmènerait alors sa petite amie. Il s'enquit de laquelle. Je le regardai, surprise : à mon avis il n'y en avait qu'une.

— Celle qui a le bec pointu, les yeux ronds, hauts placés sur la tête, et qui me regarde comme une petite bécasse ?

— Non, l'autre.

J'étais aussi honorée qu'il me considérât, moi, Tinamer de Portanqueu, comme une de ses amies que vexée qu'il me comparât à un oiseau contre lequel je n'avais que du ressentiment.

— Quelle autre ?

— Mary Mahon.

Il ne connaissait personne de ce nom.

— Elle vous tenait la main. C'était le matin où les pissenlits ont fleuri. Vous vous trouviez, tous les deux, à l'orée du bois. Elle avait les cheveux blonds et les yeux verts. Elle me parut si belle que je n'ai pas osé lui parler.

Monsieur Northrop me répondit mystérieusement que celle-là n'était pas une petite fille.

— Que serait-elle alors ?

— Je ne sais pas. On peut supposer une manière de petite fée. Chaque année, je la vois sortir d'un terrier de renard ou de marmotte. Elle vient voir fleurir l'amélanchier. Puis elle s'en va. Où ? Dieu le sait. Et je n'ai plus de ses nouvelles jusqu'au printemps suivant.

— Elle doit avoir un nom.

Monsieur Northrop me répondit qu'en effet il était fort possible qu'elle en ait un.

— Je la vois si peu que je n'ai jamais eu le temps de le lui demander.

— Autrement dit, vous ne savez rien sur elle.

— Pas plus que je ne vous en ai dit, ma petite dame.

— Elle pourrait se nommer Mary Mahon.

Monsieur Northrop haussa les épaules et fit quelques pas comme s'il voulait partir.

— Dites-moi, Monsieur Northrop, qu'elle pourrait se nommer Mary Mahon.

Il me répondit sèchement, lui si bonasse, si complaisant que si elle voulait avoir un nom, elle en prendrait un mais qu'il n'en voyait nullement la nécessité. Sur ce, il entre dans un fourré d'aulnes dans lequel il y a, couleur de cannelle, avec des motifs en feuilles d'automne sur le dos, une bécasse qui se lève avec un sifflement d'ailes, tournoie au-dessus du fourré en vrombissant, puis se laisse tomber sans bruit vers une autre talle d'aulnes plus loin, dans le bois. Pour ma part, je regagne la maison. Etna prépare le souper, l'air de dire: « Quand ce n'est pas un repas, c'est un autre. » Elle voudrait peut-être que nous mangions une fois pour toutes. Mais après, de quoi se plaindrait-elle ? De tout en général et de moi en particulier, c'est entendu. Elle se plaindrait même beaucoup plus que maintenant, parce qu'au moins maintenant elle a le souper pour s'occuper. Je me demande parfois si son tourment n'est pas d'être seule, son mari parti pour la journée, avec une fille qui parle, à qui elle parle, mais qui ne lui est quand même pas une compagnie. Il faudrait peut-être revenir à la polygamie. Il y aurait moins de solitude dans les petites maisons de banlieue.

— D'où viens-tu, Tinamer ?

— Du bois. J'ai vu une bécasse.

— Ah oui ? fait Etna, et elle se met à rire, preuve qu'elle se souvient de tout. Je pense que c'est bien malheureux, mais que j'ai une mauvaise mère.

— À quoi penses-tu, Tinamer ?

— À rien.

— Bon, boude maintenant. Je ne vois pas Mademoiselle de l'après-midi…

— Tu étais bien débarrassée, avoue.

— Pas du tout… Et puis elle rentre, mais c'est pour bouder.

— Je ne boude pas, je pense.

— Tu viens de me dire que tu ne pensais à rien, Tinamer.

— Si je t'avais répondu que j'avais une mauvaise mère, qu'aurais-tu dit, Etna ?

Etna de se retourner pour m'examiner.

— Qu'est-ce que je t'ai fait, Tinamer ?

Oser me demander ça ! Dommage que la flotte de Monsieur Northrop ne soit pas prête avant trente ou quarante années ! Je partirais avec lui pour l'Angleterre, oui, parfaitement, même si je ne parle pas anglais.

— Dis, qu'est-ce que je t'ai fait ?

Vaut-il la peine que je lui dise la vérité, qu'elle m'a faite les yeux écartés, trop hauts, tout ronds, le nez pointu, le teint brun, pour ne pas dire cannelle ?

— Oui, tu m'as faite ainsi et ensuite, quand je te dis que j'ai vu une bécasse, tu te mets à rire. Il faut que tu sois vraiment une méchante mère pour rire ainsi de moi.

Etna ne comprend pas très bien. Du moins elle feint de ne pas comprendre.

— Tu es une très jolie petite fille, Tinamer ; il n'y a personne au monde, plus que moi, qui soit fière de toi.

— Tu fais semblant. Le seul qui soit vraiment fier de moi, c'est mon père. C'est pour cela que tu es jalouse, c'est pour cela que tu m'as transformée en bécasse. Mais oui, regarde-moi : je suis une petite bécasse. Tu es si contente que tu ne peux pas t'empêcher de rire quand je te dis que j'en ai vu une dans le bois. Je l'ai dit exprès, parce que tu penses bien que je n'en ai pas vu, exprès pour t'entendre rire. Et je t'ai entendue. Je suis certaine à présent que tu es une mauvaise mère.

J'en ai peut-être trop dit. Etna ne semble plus excédée par le tracas de la maison. C'est avec bonne humeur, même avec jovialité, qu'elle met la table maintenant.

— Tu déparles, Tinamer, tout simplement parce que tu as faim. Prends patience, ton père est à la veille de rentrer.

Le grand argument des mères. Quand la tête ne suffit pas, elles le sortent de leurs tétons : « Tiens, mange et ne chiâle plus. » Elle ajoute, en me regardant de face et de profil, que ma ressemblance avec la bécasse n'est pas des plus saisissantes et que la personne que je lui rappelle le plus est ma grand'mère Esméralda, très jolie femme, la propre mère de mon père. Quand celui-ci s'amène, il est lui de même comme un nourrisson, tout Léon de Portanqueu, esquire, qu'il soit : il a faim. Le souper fume sur la table. Etna semble à présent très grande. Elle nous regarde d'un air énigmatique, à la fois tendre et narquois. Elle nous sert, puis elle mange avec nous sans hâte, montrant ses bonnes manières. Elle demande à Léon s'il a fait une bonne journée. En appétit, il répond : « Excellente. » Ce qui veut dire dans mon esprit qu'il aurait pillé deux ou trois banques. C'est quand même un homme courageux que mon père.

— Et toi, Tinamer ?

— Tinamer, elle a eu la chance de voir une bécasse dans le bois.

Léon de Portanqueu me félicite car il n'y en a pas beaucoup dans le bois, trois ou quatre tout au plus.

— Tu as été chanceuse, Tinamer.

— Ne trouves-tu pas, Léon, qu'elle devient plus jolie de jour en jour, notre fille ? Ce qu'elle ressemble à ta mère Esméralda !

Ils me regardent avec complaisance comme des complices heureux qui pensent déjà à m'envoyer coucher pour causer seul à seul de leurs sales combines. Ma petite bécasse, les yeux écarquillés, le bec long comme jamais, s'envole comme une boule stridente, toute seule au-dessus des aulnes noirs.

CHAPITRE NEUVIÈME

LORSQUE J'ACCOMPAGNAIS mon père, les samedis ou les dimanches, je m'attendais toujours d'une fois à l'autre à ce que nous dépassions le bout du bois et qu'assis côte à côte sur la grève de la mer des Tranquillités, qui lui succède, nous nous reposions avant de revenir, cherchant à distinguer en face de nous, dans la fumée bleuâtre de l'horizon, les collines du comté de Maskinongé. À chaque éclaircie de forêt, je me croyais arrivée, mais au lieu de ce grand débouché, de cet immense espace, ce n'était que des petites clairières ou le jardin de la maison. Mon père ne tenait pas à me montrer sur le terrain ce que j'avais si bien vu sur la lune par la lunette de son télescope; la réalité n'était plus à la mesure de sa volonté. Un jour, je l'avais entendu, ce Léon de Portanqueu, esquire, drapé dans ses vieilleries, déclarer à ma mère Etna:

— Si un père n'est plus capable de présenter le monde à son enfant comme l'expression de sa volonté, c'est bien simple, il ne faut plus faire d'enfants.

Et à le voir ainsi dans sa vétuste robe de chambre, sa relique du massacre de Lachine qui lui venait d'un ancêtre cabaretier, maquereau et voleur comme lui, à l'entendre avouer son impuissance, j'avais pensé qu'il était lui-même une vieillerie. À mesure que les années passaient, il voyait se défaire le domaine de mon enfance et le maintenait de peine et de misère, par exemple en tournant sur place dans le bois, les samedis et les dimanches, pour ne pas en atteindre le bout. Déjà son partage des choses en bon et mauvais côté n'était plus aussi net qu'il l'avait voulu.

À tourner, à retourner, à faire des ronds et des huit, nous pouvions marcher à notre saoul, des heures et des heures. Mon domaine restait immense. Nous avions des endroits pour nous reposer avant d'atteindre la mer des Tranquillités, des endroits qu'affectionnait mon père, en particulier les interminables murailles d'épierrement qu'on devait franchir et refranchir çà et là dans le bois, autour de ce qui avait été autrefois des champs portant moisson de blé, d'avoine et de sarrasin, d'excellentes moissons, prétendait-il. « Vois, Tinamer, comme la terre est bonne », et il la laissait couler entre ses doigts, toute noire et un peu poisseuse, comme si cette terre eût été la substance la plus précieuse du monde, un principe de vie ; il le faisait avec un air de bien-être et de délectation qui se mitigeait peu à peu de tristesse. Les murailles, constituées par les cailloux enlevés un à un, à la main, des planches de labour, restaient le monument d'une peine infinie, d'une peine à faire pleurer, disait-il, du moment qu'elle est devenue inutile.

— Il n'y a rien de plus beau, prétendait-il encore, que le travail de l'homme marié à la générosité de la terre maternelle.

Il ne semblait pas avoir pour les plantations forestières de Monsieur Northrop toute l'estime voulue. Celui-ci se montrait-il, que mon père feignait de ne pas l'apercevoir, mais comme par hasard, chaque fois, il lançait un caillou juste dans sa direction. Monsieur Northrop faisait un bond de côté et disparaissait.

— Un pays qui ne se nourrit pas lui-même n'est pas un pays.

Il disait encore :

— Tu verras, Tinamer, quand ils auront tout bousillé, tout gaspillé, Hérode, Ogou Feraille[17], Papa Boss et compagnie, tu verras, ils te feront manger du plancton et de la cellulose.

Il parlait ainsi rarement, comme malgré lui. Ensuite il cherchait à replâtrer le bon côté des choses à coup de botanique, d'entomologie et d'ornithologie laborieuses. Il me montrait des asters qui fleurissent contre tout espoir le jour même qui précède la nuit de la première gelée blanche, l'étonnant concerto de la salicaire et du couchant, l'apparition des premières mésanges et des geais bleus gouailleurs et effrontés. Mais la fissure restait et peu à peu le mauvais côté des choses s'insinuait dans le bon. Des coups de feu éclataient. La chasse finissait la saison. Contre qui pouvait-on tirer sinon contre la petite bécasse ? Au moins si nous avions pu rejoindre, au-delà de mon domaine précaire et menacé, la grève de sable, au bord de la mer des Tranquillités ! La semaine de l'amélanchier était passée depuis longtemps. L'été croulait d'étage en étage. Ça serait bientôt novembre.

Si je retournais dans le bois sur semaine, seule, malgré la boue qu'y laissaient les pluies d'automne, c'est que je n'avais pas revu Messire Hubert Robson.

---

17. Dieu de la guerre dans la mythologie haïtienne.

Je l'attendais. Il m'avait promis de revenir. Par Monsieur Northrop qui ne me saluait plus que de loin désormais, sans doute à cause des cailloux que mon père lui avait jetés, je tenais une nouvelle pour lui, ah ! une bien pauvre nouvelle, la supposition que Mary Mahon fût une petite fée. Un jour, le ciel était bas, il pleuvait encore un peu, Etna m'avait obligée à mettre un ciré et des bottes, je le vis paraître, plus exténué que jamais, sa pauvre soutane en loques et les souliers comme des sabots, gros de boue. Il gardait néanmoins des yeux d'enfant, d'un bleu limpide et profond quand il souriait. Car il souriait encore malgré sa peine de ne pas avoir retrouvé Mary Mahon, malgré sa fatigue immense, malgré l'hiver qui s'en venait et le jour des morts où il devrait redescendre en purgatoire pour continuer d'y purger sa peine d'un trop grand attachement terrestre ; il souriait parce qu'il était un homme si absolu qu'après des années et des années de recherche inutile il ne désespérait point de retrouver cette Mary Mahon. Mon père, qui pouvait être sérieux, qui l'était peut-être beaucoup plus que je ne le croyais, m'avait appris que certains prêtres sont des saints. Messire Hubert Robson, nonobstant son purgatoire et son errance, en était sûrement un. Dès qu'il m'aperçut, ses yeux devinrent limpides et profonds, je le trouvai si beau que je faillis me mettre à pleurer.

— Je comprends, dit-il, tu ne l'as pas revue. Ne pleure pas pour ça, Tinamer. Cesse de faire les yeux ronds et le nez pointu. Tu n'es pas une bécasse, mais une brunette très jolie et gentille.

Quelques cailloux de la muraille d'épierrement ne paraissaient pas mouillés. Nous nous assîmes côte à côte, Il replaça son rabat noir des ecclésiastiques de l'ancien temps. Lors de son décès, en 1847, l'année du typhus, il avait trente-neuf ans et deux mois environ.

— La première fois, je ne savais pas encore que c'était elle. J'étais à réciter mon bréviaire, une enfant toute en sueur et en larmes accourut vers moi en disant : « Venez, venez vite, mon père se meurt. » Je la suivis aussitôt dans la forêt de Tingwick où, dans une pauvre cabane, sur quelques branches de cèdre et de sapin, son père, Peter Mahon, natif d'Irlande comme moi et tailleur de son métier, se mourait en effet. Je lui administrai les derniers sacrements et m'en revins au presbytère, ne sachant pas que désormais je n'aurais plus la paix.

— À cause de la petite fille blonde toute en sueur et en larmes ?

— Je tentai de l'oublier. Après tout, on ne peut s'attacher à toutes les misères que l'on rencontre. Mais cette petite misère-là était plus tenace qu'une autre. J'appris qu'après la mort de son père elle avait été placée chez un ministre protestant, à Windsor Mills. Je me rendis auprès de ce collègue qui accepta volontiers de me confier l'enfant lorsque je lui eus appris que j'avais fait la promesse à Peter Mahon, mourant, de la prendre sous ma garde.

— C'était vrai ?

— On dit bien des choses aux gens pour les aider au trépas. Je ne sais si c'était vrai mais c'était bien possible. Il fut convenu que le Révérend ministre m'enverrait la petite fille par le *stage*[18] qui voyageait

_____
18. *Stage coach* : diligence.

de Sherbrooke au Port Saint-François. Quand Mary Mahon frappa à la porte du presbytère, je n'y étais pas. La servante lui dit de m'attendre dans la cuisine. Lorsque enfin j'arrivai, je courus à la cuisine et je n'y vis que sa pauvre malle d'orpheline. J'étais désespéré. On la chercha partout dans le village et les environs. Pendant deux jours, on battit la forêt de Grantham et de Wendover. Cris de cor et coups de fusils, tout fut inutile. J'en fis une maladie. L'évêque pensa bien faire en me transférant à la cure de Saint-Raymond, de l'autre côté du fleuve, pas très loin de Québec. J'étais jeune, bien constitué, je retrouvai la santé, la triste santé pour vivre une triste vie jusqu'à ma triste mort.

Je voulus lui prendre la main pour le consoler, toute noiraude à cheveux de garçon que j'étais. Il me dit : « Non Tinamer, ce n'est pas possible. Écoute-moi seulement, même si je t'ennuie. » Il continua, l'étrange prêtre, en homme amoureux des enfants mais qui ne sait pas leur parler. Je comprenais surtout que ce qu'il disait était beau. Il était mort, Mary Mahon n'avait plus cinq ans depuis un siècle et demi ; néanmoins il continuait de battre tous les bois du Bas-Canada dans l'espoir de retrouver la petite fille blonde, aux yeux verts, qu'il n'avait fait qu'entrevoir dans les cantons des Bois-Francs.

— Quand je disais mon bréviaire devant le presbytère de Saint-Raymond-de-Portneuf, je me rappelais les vallons de Durham, les montagnes de Kinsey et de Shipton, les forêts de Tingwick et les plaines de Stanstead ; je revoyais les campagnes à demi déboisées, la fumée des perlasseries, mes va-et-vient de missionnaire et partout, toujours, un petit visage tout en larmes et en sueur... Un jour je reçus une lettre de Saint-Antoine-de-Tilly dont la lecture me fit tressaillir; elle était de la main du curé, le Révérend Louis Proulx. Il m'apprenait qu'un matin une petite fille et une idiote étaient arrivées, à moitié mortes de faim, au moulin à farine de Monsieur Grindelaire. Plusieurs cultivateurs s'y trouvaient, attendant leur mouture, car il s'agissait d'un moulin à vent et, ce jour-là, il ne ventait pas. La petite fille fit pitié à ces cultivateurs parce que la folle, qu'on supposait être sa mère, la maltraitait sans cesse. L'un d'eux, Monsieur Sévigny, plus apitoyé que les autres parce qu'il n'avait pas d'enfants de sa femme, bien qu'il fût marié depuis une dizaine d'années, fit comprendre par signes qu'il désirait adopter l'enfant. La marâtre parut acquiescer avec plaisir à cette offre; elle vint déposer dans les bras du brave cultivateur la petite fille qui ne fit aucune résistance. Monsieur Sévigny, sans attendre sa farine, s'est empressé de l'emmener à la maison.

Le Révérend Proulx qui était au courant de mon déboire, terminait en disant qu'elle s'y trouvait encore, choyée comme une reine. Quant à la pauvre insensée qui l'avait sans doute volée alors qu'elle m'attendait dans la cuisine du presbytère, elle avait erré quelques jours dans la paroisse de Saint-Antoine-de-Tilly puis aurait repris le chemin de la forêt.

— Qu'avez-vous fait, Messire?

— J'ai remercié mon collègue, tout simplement. Après voir tant cherché à retrouver Mary Mahon, je craignais de la revoir à présent que je la savais en sûreté. Quelques années plus tard, elle devenait religieuse chez les Sœurs de la Charité de Québec. Je l'allai voir.

C'était une jeune nonne respectueuse et distinguée qui me tint des propos cohérents et empruntés que j'avais déjà entendus des centaines de fois. Je ne remarquai même pas si elle avait les yeux verts. Je l'ai quittée le cœur malade comme je l'avais eu à Tingwick. C'était l'année du typhus. Je demandai à être envoyé à la Grosse-Île. Bien doué physiquement, je descendais dans la cale des vaisseaux, où, enfoncé dans la boue jusqu'à la cheville du pied, je retirais les malheureux qui s'y trouvaient et les transportais sur mes épaules jusqu'à l'hôpital. Je n'ai pas tardé à être moi-même atteint; transporté à l'Hôtel-Dieu de Québec, le 25 juin 1847, j'expirai le premier juillet. Auparavant, entre le saint crucifix et moi un petit visage couvert de sueur et de larmes, les yeux verts, les cheveux blonds, s'était interposé et c'est le visage de Mary Mahon que j'avais vénéré.

Messire Hubert Robson avait terminé son récit, je me taisais. Faisant sans doute allusion à la cale des vaisseaux pestiférés, il ajouta : « Comme tu vois, Tinamer, il y a longtemps que j'ai les souliers gros de boue. »

— Et si je vous disais, Messire, que Mary Mahon est une manière de petite fée, qu'elle sort des terriers au printemps pour voir l'amélanchier en fleur comme une grande girandole en bordure des clairières et qu'ensuite on n'a plus de ses nouvelles pour tout le reste de l'année ?

Alors il daigna sourire, ses beaux yeux s'approfondirent en même temps que sa physionomie figée de saint se relâchait et se mettait à vivre. Je compris que je ne l'avais pas blessé. Je fus contente et me mis à rire pendant qu'il me pinçait le menton et disait : « Tinamer,

Tinamer, quelle drôle de bécasse tu es ! » Puis il se leva et me dit de l'attendre, qu'il reviendrait le printemps prochain.

Ce fut cette année-là que ma mère Etna commença à m'apprendre les lettres et les chiffres. En dessous de ses gros sourcils, elle avait, elle aussi, de beaux yeux. Je n'éprouvais plus d'antipathie à son égard. Je la trouvais même plaisante et chaleureuse. Un jour, je ne pus m'empêcher de lui dire qu'elle avait le même regard que Messire Hubert Robson.

— Tu ne le connais pas ?

Non, elle n'en avait pas la moindre idée.

— Ce que tu peux être ignorante !

— Assez pour t'apprendre tes lettres et tes chiffres.

Je lui racontai l'histoire du saint prêtre. Elle la trouva belle.

— Mais comprends-tu, toi, qu'on puisse aimer autant un enfant ?

Je ne le comprenais absolument pas. Alors elle me dit en me pinçant le menton, elle aussi, elle me dit : « Tinamer, ma petite bécasse, moi je comprends parce qu'il n'y a rien d'autre, rien, tu m'entends, à aimer. »

— Et Monsieur Léon de Portanqueu ?

— Monsieur Léon de Portanqueu est une grande bête complète. Son père et sa mère l'ont déjà aimé, ça suffit. Tout le reste ça serait du superflu et ne pourrait servir qu'à le gâter.

— Juste un peu ?

Etna fit la moue.

— Oui, dit-elle, je le gâterai un peu, juste un peu, Tinamer, pour te faire plaisir.

CHAPITRE DIXIÈME

LE TEMPS VINT où je dus aller à l'école qui se trouvait, comme bien on pense, du mauvais côté des choses. Ma mère Etna ne me demanda même pas mon avis ; il ne lui serait pas venu à l'esprit qu'il fût possible de ne pas y aller. C'était pour elle une obligation à laquelle tout le monde devait se soumettre, bon gré, mal gré. Elle m'encourageait à le faire de bon gré, voire avec plaisir. Quant à discuter, pas question. Avec mon père non plus. Après avoir compté sur lui, je réalisai qu'il n'interviendrait pas. Il ne m'encouragea ni ne me découragea, évasif. Je lui parlais, il ne m'écoutait pas comme si je lui étais devenue indifférente, du moins à ce propos. Je fus surprise de le trouver sans autorité, incapable d'en convenir. Cela m'enleva toute velléité de résistance. J'allai à l'école malgré mes craintes et mes répugnances, passant par les rues redoutables, par la nôtre supposément nommée Bellerive, puis par une autre dont le nom n'avait aucun sens, la rue Maple, où se trouvait l'école. Je risquais de m'égarer et d'être emportée dans le labyrinthe avec les chiens perdus et les enfants abandonnés vers le Minotaure, dont mon père ne m'avait que trop parlé. J'appréhendais une attaque sauvage de la part des missionnaires américains, la Pentecôte du napalm, le rire énorme de

Papa Boss et le massacre des saints innocents par le roi Hérode, un parent de Tom Wagner, spécialiste en bingo et carnaval, qui habitait dans nos parages ; j'appréhendais surtout le troupeau des lépreux précédé par un cardinal à cheval, en route vers la papauté. Ma mère Etna devait venir me reconduire pendant que Bélial, resté seul à la maison, hurlait.

Elle devait de plus venir me chercher après la classe. Or, le dernier jour de la semaine, à la fin de l'après-midi, je sortis, elle n'était pas devant l'école. Je restai sur le perron, croyant qu'elle était en retard. Je ne tardai pas à perdre cette illusion. Le temps passait, passait, et Etna ne venait toujours pas. Je pensai qu'elle m'avait oubliée, ce qui de la part d'une mère n'est déjà pas un signe d'amour, mais le temps passait, passait et je dus me rendre à l'évidence de sa méchanceté, qu'elle m'avait froidement abandonnée, de façon déterminée, pour m'obliger à revenir seule au risque de me perdre, d'être piétinée par les lépreux, assommée par les Américains, enlevée par les séides d'Hérode ou par les rabatteurs du Minotaure. Je ne bougeais pas du perron. La semaine finie, tout le monde se dépêchait à s'en aller ; l'école se vidait.

Le dernier à sortir fut le Principal, un gros Monsieur joufflu et bedonnant, qui, après avoir verrouillé la porte, jeta la clé en l'air et la rattrapa en même temps qu'il se mettait à siffloter, vraiment content, très content. Je remarquai qu'il avait le lobe de l'oreille très développé et qu'il était anormal qu'il ne portât pas, comme les pachas et autres potentats orientaux, des pendants d'oreille, de préférence en anneaux. Ce Principal ne demeurait pas très loin de chez nous ;

je le connaissais, il me connaissait. Il m'aperçut et s'approcha pour me demander ce que je faisais là, sur le perron de l'école, quand tout le monde était parti. Je lui répondis que je restais là parce que je n'avais aucune place où aller, abandonnée par ma mère Etna, et qu'il me fallait désormais attendre mon père, Léon de Portanqueu.

— Lui, il viendra me sauver, c'est certain, mais il me faudra patienter très longtemps, peut-être jusqu'à la nuit tombante, parce que le vendredi est pour lui une grosse journée et qu'il a au moins trois ou quatre banques à piller.

Le Principal se mit à rire ; il ne savait pas que mon père était voleur, c'était la première nouvelle qu'il en avait, il la trouvait bien bonne, le bedon lui gigotait comme s'il se fût viré et déviré dans la panse ; de ses deux mains il essayait de le saisir et de l'arrêter, mais il ne le pouvait pas, secoué de partout. Le branle-bas que c'eût été s'il avait porté de grands anneaux d'argent aux deux oreilles ! Pacha ou Principal, le pauvre homme me parut complètement stupide.

— Si vous croyez que les voleurs se mettent un écriteau sur le revers de leur veston pour s'annoncer, sachez, Monsieur, qu'ils ne gagneraient pas longtemps le pain de leur famille.

Mon sérieux l'avait troublé. « Après tout, sembla-t-il se dire, que sait-on de ses voisins ? Rien que ce qu'ils veulent bien nous montrer. Il se peut que Monsieur de Portanqueu soit un pilleur de banques, un de ces gagnestères qui ont une vie de famille exemplaire, sont de bons voisins et de bons citoyens, comme il y en a de plus en plus paraît-il... » Ces considérations, néanmoins, lui étaient désagréables, affligeantes. Il releva le menton, descendit d'autant ses lobes d'oreilles, prit un ton quelque peu irrité pour me dire : « Tinamer, la maison n'est pas loin, rien ne t'empêche d'y retourner. » Celle-là, je l'attendais.

— Ah oui ! Ah oui ! pour que je sois capturée par les zouaves, les pompiers, les raquetteurs, le Sanitary Refuse, c'est justement ce que ma mère Etna voudrait ! Ou bien que mêlée au troupeau des lépreux, je sois entraînée malgré moi, malgré mes cris jusqu'à Rome !

Là, il ne comprenait plus, non, rien du tout, complètement obtus, Monsieur le Principal, les lobes d'oreilles lui doublant les bajoues. Il ressemblait à un chien saint-bernard. Il me prit par la main et me ramena à la maison, gravement, sans un mot, sans un son, et surtout sans question ; il en avait plein le casque de mes réponses. Je le suivis tout bonnement. Sa stupidité, son gros ventre, ses tout petits pieds m'avaient sans doute inspiré confiance. Chemin faisant, je remarquai qu'il marchait comme une demoiselle. Le drôle d'homme que c'était que ce Principal ! Je lui demandai s'il avait un harem. Je crois qu'il ne m'entendit pas. Il ne me lâcha pas la main avant qu'il n'eût sonné à la maison et qu'Etna, ma méchante mère, ne fût venue répondre, tout miel et sourire, comme un encensoir à remerciement, baratineuse comme la plus noire des sorcières devant le meilleur des curés saint-bernard, plus fausse que l'église Saint-Antoine de Longueuil à supposer que cette grand-bâtisse eût été construite en papier mâché. En face d'elle, Monsieur le Principal apparaissait comme un chef-d'œuvre de correction et de probité. Il relata brièvement les faits.

— Ne me remerciez pas, Madame. J'ai eu beaucoup de plaisir à mieux connaître Tinamer. C'est une gentille petite fille. Elle s'exprime très bien pour son âge et semble douée de la plus vive imagination.

Quand ce potentat fut parti, je ramassai une taloche. Je ne bronchai pas. Ce fut Etna qui se mît à pleurer, de rage, prétendant que je lui avais fait honte.

— Ça court le bois comme un lapin et ce n'est même pas capable de revenir seule de l'école, à deux pas d'ici !

La méchante femme !

— Pardon, dis-je, je ne suis pas un lapin. Le lapin, c'est Monsieur Northrop. Je n'ai aucune parenté avec lui. La preuve, c'est que mon père lui jette des cailloux dès qu'il l'aperçoit. Moi, je suis une petite bécasse, tu devrais le savoir, Etna de Portanqueu, toi qui m'as frottée de la tête aux pieds avec une pommade ensorcelée, un spécifique, disais-tu, pour que je devienne couverte de plumes.

— Tu es folle, complètement folle ! Avec un père comme le tien, ce n'est pas surprenant.

— Et toi, tu es méchante, plus méchante que le fond de l'enfer ! Tu gueules parce que tu t'es trompée dans tes calculs, parce que tu pensais bien que je serais enlevée par le Sanitary Refuse, emportée sur les cornes du Minotaure jusqu'à Rome ou à Jérusalem pour être égorgée par le roi Hérode, dépecée par le pape Pie XII et dévorée par Papa Boss. Mais j'ai été plus fine que toi ; j'ai attendu sur le perron de l'école que Léon vienne me sauver, même si je savais qu'aujourd'hui il finit tard vu que les banques ferment tard. Je l'aurais attendu jusqu'au milieu de la nuit. Oui, j'étais décidée. Seulement le Principal est venu me demander ce que je faisais là, seule sur le perron de l'école, quand tout le monde était parti. Lorsqu'il a su pourquoi, il a eu pitié de moi, les bajoues tombantes et les lobes de l'oreille longs comme des pendentifs. Il m'a ramenée ; en plus d'être une méchante mère, Etna de Portanqueu, tu as été obligée de niaiser devant lui.

Ma mère voulut savoir ce que j'avais dit au Principal.

— Je ne suis pas une menteuse comme toi : je lui ai dit la vérité.

— Que ton père était un voleur ? Que tu avais peur du cardinal Léger et de son troupeau de lépreux ?

— Oui, bien sûr.

— Eh bien ! tu vas nous en faire une réputation, toi, Tinamer de Portanqueu !

Le soir, quand mon père fut revenu, les poches bourrées d'argent, content de lui, content de sa journée, elle attendit que je sois au lit pour lui faire son rapport. Moi, je n'avais parlé de rien, sachant qu'il n'aimait pas trop m'entendre médire d'Etna. Bientôt s'éleva son grand rire, un rire irrépressible, tantôt haut, tantôt bas, un rire qui ne trouvait pas sa note, qui fusait par tous les tuyaux d'orgues, même par le mauvais gosier qui le faisait tousser, étouffer, l'obligeait à supplier Etna : «Arrête, Etna, arrête ! Tu me feras mourir !…» Sans doute en était-elle déconfite. Moi, je me gourmais d'aise. Ce rire m'avait mis les yeux trop hauts, trop ronds, fait le bec pointu, très long : je mijotais dans la cannelle. Puis je suis partie comme une boule stridente, petite bécasse délivrée, vrombissant dans la lumière, au-dessus des aulnes noirs… Léon de

Portanqueu, allez, ce n'était pas n'importe qui, un Principal à bajoues, à bedon, à pendants d'oreilles; il était mon héros, le cavalier à éperons et à cravache qui mâtait cette rosse d'Etna; il éteignait les volcans malsains, balayait laves et cendres seulement en riant; il était mon père et je me sentais fière. J'étais au septième ciel d'être sa fille.

Hélas! ce fut là son apothéose, la dernière, celle qui ne profite pas aux lendemains d'un homme. Jamais plus par après la bécasse ne montera avec lui. Ce fut comme s'il avait ravalé son rire. Il est descendu du ciel. Il a continué de vivre en dessous de lui-même. Je fus pour quelque chose dans sa déchéance, moi, sa Tinamer et sa prédilection. Il s'est aidé aussi, je pense. Et puis il y a eu ma mère Etna, moins glorieuse que lui, plus tenace, qui laissait passer le grain et continuait son chemin, modeste et remplie de bon sens alors qu'il n'était, lui, le plus souvent, qu'un grand fou, seul de sa confrérie et de son sexe. À la longue, je cédai au penchant de la nature; je ne pus pas m'empêcher d'être d'une autre confrérie, d'un autre sexe.

La semaine suivante, je commençai à me faire des amies à l'école qui, à ma grande surprise, n'avaient jamais entendu parler du bon et du mauvais côtés des choses et circulaient par les rues, seules, sans leurs mères, tout bonnement, le plus souvent en jouant et en riant. Je dus faire comme elles. J'y perdis mes appréhensions. À l'automne, quand la pluie et le dégel rendaient la terre boueuse, nous passions nos jours de congé à jouer sur les trottoirs et même sur la chaussée d'asphalte. J'appris de plus en classe que notre bon cardinal avait abandonné son grand palais sur la montagne pour aller en Afrique par esprit de sainteté et qu'il ne recherchait les lépreux, dans la brousse jusqu'au cou, que pour soigner leur corps et guérir leur âme. Enfin on me dira des choses aimables sur les policiers et même sur les Amerlots.

J'étais une bonne élève et réussissais bien, preuve que tout ce qu'on m'apprenait était vrai. Ainsi le mauvais côté des choses devint-il, peu à peu, le bon côté. Quant à l'autre, le supposé bon, celui qui était censé aboutir à la mer des Tranquillités et au comté de Maskinongé, il ne me fut pas malaisé, en compagnie de mes joyeuses amies, d'en voir enfin le bout. Ç'avait été mon prodigieux domaine, ce n'était plus grand-chose; on l'avait en partie déboisé, non pas pour renouer avec les anciens travaux, redonner son prix à une longue peine perdue, pour semer de nouveau le blé, le mil et la gaudriole, mais pour y faire passer l'égout, préparer le sous-sol à une nouvelle moisson de cottages, de duplex, de bungalows et de split-levels, pour parfaire le labyrinthe américain et faire monter vers le Très-Haut, le naseau de Papa Boss, de nouvelles émanations de la civilisation pétrolière. En suivant le tracé de l'égout, nous arrivâmes aux trois pistes d'asphalte qui longent le fleuve, en bloquent l'accès, où les chariots automobiles, coléoptères divins, passent à des vitesses folles, et notre découverte n'alla pas plus loin. D'ailleurs, nous pouvions apercevoir le fleuve et mieux valait rester à distance. Si nous avions pu descendre sur la grève de cette merveille de la nature, nous aurions constaté que le majestueux Saint-Laurent était gras d'eau de vaisselle, qu'il puait, égout à ciel ouvert, égout de tous les égouts du Haut et du Bas-Canada, et qu'il charriait des étrons, des étrons à n'en plus finir, avec, çà et là, la charogne d'un nègre américain assassiné à Chicago – encore chanceux que le Mékong[19] ne soit pas un affluent de notre fleuve national et biculturel.

Au-delà, nous pouvions apercevoir les quais de Montréal, quelques cargos, de grands silos et le quartier Hochelaga derrière comme une sorte de désert rouge. C'était tout ce que nous trouvions en face de nous, au bout du bois enchanté et bavard. Le grand pont était plus à l'ouest; il fallut tourner la tête à gauche pour le voir, de même que les merveilles de l'île Sainte-Hélène, les grands buildings de verre et d'acier, un restant du mont Royal et le soleil couchant.

J'eus l'impression de découvrir le vaste monde qui règne partout également, sans bon et mauvais côtés. Ce monde me grandissait. J'avais hâte, pauvre de moi, d'être plus grande encore pour l'affronter et de m'y tailler une place, comme le recommandent d'ailleurs Monsieur Denis Corbeau et les policiers éducateurs. En revenant de cette expédition mémorable qui mettait fin à ma première enfance, je n'eus pas une pensée pour l'amélanchier – dont personne, d'ailleurs, n'avait jamais entendu parler –, pour les pissenlits et le loriot, pour mon domaine irremplaçable qui s'était abîmé, pour la petite bécasse, Monsieur Northrop et sa montre de lapin prétentieux, pour Messire Hubert Robson, le héros de la Grosse-Île qui, de la quarantaine, est passée *out of bounds*, tout aussi pestiférée vu

19. Fleuve du Viêt-nam où l'on voyait souvent flotter des cadavres pendant la guerre.

qu'on y fabrique à présent des poisons biologiques, avec la bénédiction des prélats italiens et de l'apôtre La Pira[20], pour le compte des Amerlots ; j'avais oublié de même l'amie du pauvre prêtre, sa petite fée aux cheveux blonds et aux yeux verts. Tout ce que j'avais dans la tête, c'est que Léon de Portanqueu, esquire, mon père drapé dans ses guenilles, avec son télescope dérisoire, sa pleine lune en goguette et les supposés abouts du bois, la mer des Tranquillités et le comté de Maskinongé, était un sacré farceur. Je lui en voulais de s'être moqué de moi.

Depuis quelque temps d'ailleurs, devinant que j'avais percé son jeu, il avait cessé de faire le magicien ; il s'habillait comme tout le monde, il restait quelconque et distant. Par contre Etna s'épanouissait. Quand je revins à la maison, ce soir-là, le souper fumait déjà sur la table.

— Pour l'amour du ciel, Tinamer, veux-tu me dire ce que tu as fait ?

Je répondis que j'étais allée avec mes amies jusqu'au bout du bois, que j'avais vu la route numéro 3, le fleuve pourri et le quartier Hochelaga. Ma mère Etna ne me reprocha pas mon retard. Sans doute pensait-elle qu'au terme de ma première enfance, finies les élucubrations laborieuses du bonhomme, sa propre jeunesse recommençait. Léon de Portanqueu n'eut pas un mouvement ; il ne me dit même pas bonsoir. Il mangeait avec une froide détermination et manifestement ne voulait plus rien savoir de moi. La course

---

20. Giorgio La Pira, maire de Florence, en Italie, qui voulut intervenir dans le règlement de la guerre du Viêt-nam.

m'avait ouvert l'appétit. Quand je fus un peu moins pressée de manger, je lui dis, la bouche encore pleine :

— Je ne serais pas surprise, Monsieur Léon de Portanqueu, que tu ne sois même pas un voleur.

Etna se mit à rire.

— Voyons, Tinamer, ne dis pas de sottises.

Léon de Portanqueu la rembarra.

— Que veux-tu qu'elle dise d'autre ? Laisse-la faire, c'est une petite sotte. Tout ce que je te prierais de lui demander, c'est de ne pas parler la bouche pleine.

Du coup, j'avalai tout rond ce qui m'y restait.

— Tu n'es même pas un voleur ! repris-je.

Il me regarda froidement.

— Mademoiselle Tinamer de Portanqueu, ai-je jamais prétendu que je l'étais ? Tu l'as imaginé, je ne pouvais pas t'en empêcher. Tu l'as dit à ton bon gros Monsieur le Principal comme une petite oie sans cervelle – ça prouve quoi ? Justement que tu es une petite oie, c'est tout. Il ne te reste plus qu'à aller courir dans le quartier Hochelaga dont tu as vu le désert de briques par-dessus la clôture de la route numéro 3 et la fosse puante du fleuve, derrière les grands silos blancs abandonnés aux rats. Vas-y, ma fille. Vas-y, ta mère Etna ne sera que trop heureuse de t'y conduire.

Léon de Portanqueu se leva brusquement de table, fâché, l'air d'autant plus méchant qu'il était habillé comme tout le monde.

— Vous êtes deux emmerdeuses ! Allez-y donc, dans votre cher quartier Hochelaga, allez-y, mais fichez-moi la paix !

Je restai ahurie, le cœur gros. J'eus peut-être les yeux ronds et le bec pointu de la bécasse mais je ne pleurai pas. Etna me dit avec douceur que mon père travaillait trop, qu'il était fatigué et que ça le rendait impatient.

— Il travaille ?

— Oui, comme tout le monde. T'avait-il déjà dit qu'il était un voleur ?

Là je me mis à pleurer.

— Non, bien sûr, mais il m'avait dit tant de mal, tant de mal, sur le mauvais côté des choses… c'était de ce côté-là qu'il partait chaque matin. Alors moi, parce que je l'admirais, parce que je l'aimais beaucoup…

— Oui, bien sûr, Tinamer.

— Alors j'ai pensé, j'ai pensé que pour gagner correctement sa vie, la nôtre, il devait être voleur… oui, forcément.

Etna essuyait mes larmes, caressait mes cheveux avec beaucoup de douceur, rêveusement. Eut-elle un moment de distraction ? Elle me dit : « Tinamer, oui, tu as raison, oui, d'une certaine façon, tout aurait été plus simple et plus logique s'il avait été voleur. »

Elle ajouta :

— Malheureusement ce n'est pas le genre de ton père. Il ne croit plus beaucoup en Dieu mais il y croit encore un peu, juste assez pour penser que le monde peut être encore sauvé.

Tout ce que je comprenais, c'est que j'avais pour père un homme étrange, que j'avais déjà compris et que maintenant je ne comprenais plus.

CHAPITRE ONZIÈME

MON PÈRE S'ÉTAIT DÉTOURNÉ de moi et moi de lui, du moins transitoirement, en apparence ; il fallait passer par là sans doute, aller chacun de son côté jusqu'au détour qui nous remettrait de nouveau face à face, dans une autre amitié. Cela devait arriver, oui mais, tenant en main le fil du temps, rien ne me pressait d'y arriver ; au contraire, la composition de ce livre, l'art du récit me commandaient plutôt de différer ce détachement jusqu'aux dernières pages, puisque c'est lui qui clôt la première saison de ma vie, dont je m'étais donné les années pour sujet. On n'écrit pas toujours comme on voudrait. J'ai tout précipité. Voici Léon de Portanqueu, esquire, habillé comme tout le monde, comme un n'importe qui, un n'importe quoi, parti, et je n'ai pas dit qui il était. Je l'avais cru voleur, je me suis trompée, on le sait. Qu'il ne le fût point n'est pas une indication des plus précises. Bien des gens ne sont pas voleurs, la grande majorité sans compter les voleurs eux-mêmes qui, à moins d'être pendus, n'en font jamais état. Point voleur, n'en parlons plus. Esquire, alors ? Mon Dieu ! c'est ce que j'ai dit à mes compagnes d'école. Elles savaient toutes ce que leurs pères faisaient. « Et le tien ? – Le mien, il est esquire. » Elles n'ont pas trouvé à redire.

Je n'ai pas raconté, non plus, qu'il avait relancé, tout mécréant qu'il était, le ciel et l'enfer sur terre, à l'endroit où ils étaient redevenus nécessaires, du moins à son avis, au Mont-Thabor où il occupait un emploi douteux de geôlier, un emploi qui lui faisait honte et qui aurait été bien plus honteux occupé par un autre, un emploi qui lui tenait à la peau, au cœur, qui le désespérait et dont il ne pouvait plus se passer. Il les avait relancés par pitié, par amour. « Que Dieu soit dans le grenier et Satan dans le caveau ! » Et Dieu avait été, et Satan avait été, pressés comme tout de revenir. « Bon, leur avait dit Léon de Portanqueu, esquire, mais restez bien tranquilles maintenant ; vous ferez de la figuration, on a besoin de vos locaux, c'est tout. » Il en avait même forgé les clés. Elles sont là, devant moi, sur ma table, la première, longue d'une coudée, de cuivre ou de laiton, avec du plomb dedans, lourde et astiquée comme si elle était d'or, sans doute une ancienne clé de remise ou de grenier ; l'autre, noire et rouillée, malsaine et râpeuse, n'annonce rien de bon, sans doute une clé de caveau, d'un bien vieux caveau, aux solives pourries, à moitié effondré, repaire de crapauds et de champignons. Elles sont là sur un livre traitant de l'orientation lointaine, à portée de ma main, à côté de la boussole de Monsieur Northrop, le gentleman britannique.

Coco disait à mon père, après avoir palpé rapidement chacune des clefs de son gros trousseau de geôlier : « Monsieur Léon, laisse-moi toucher aux autres. »

— Aux autres ? elles ne sont pas dans mon trousseau ?

Coco se mettait à rire, s'amusant de ce que mon père s'amusât à vouloir le tromper.

— Si elles ne sont pas dans mon trousseau, Seigneur! je les aurai perdues.

Coco riait encore, sachant bien que ces deux clés-là ne pouvaient pas se perdre et qu'elles n'étaient jamais avec les autres, dans le trousseau.

— Non, non, tu les caches dans tes poches.

— Ah oui? Eh bien! trouve-les, mon Coco.

Alors de ses belles mains claires, souples et frémissantes d'intelligence, Coco fouillait Léon de Portanqueu et, immanquablement, trouvait les deux clés extraordinaires qui ne correspondaient à aucune des mille et une serrures du Mont-Thabor. Même s'il les connaissait déjà, il les étudiait chaque fois longuement, la première avec bonheur car c'était la grande clé d'or du Paradis, l'autre avec une certaine répugnance mais avec plus de curiosité car c'était la clé rouillée de l'enfer dans les profondeurs de la terre, du lieu maudit par excellence, mille fois plus noir que le Mont-Thabor qui pourtant restait sombre et n'était guère béni.

— Tu es souvent malade; tu te fatigues trop à deviner ce qu'il y a derrière toutes les portes qu'ouvrent les clefs du trousseau ordinaire. Ensuite viennent les mots; il te faut apprendre toutes les choses qu'ils cachent. Eh bien! Coco, mon vieux Coco, quand cette recherche te rebutera, quand tu rentreras en toi-même, décidé à n'en plus sortir, malade au point de ne plus vouloir guérir, alors n'oublie pas, dis aux gardes de m'appeler; je viendrai et te les donnerai, cette fois, les deux clefs; elles seront à toi, à toi tout seul. Et puis, comme dans un rêve, tu te lèveras de ton lit, tu ne pourras plus te perdre dans les couloirs du Mont-Thabor, tu marcheras comme si tu y voyais, tu arriveras devant deux portes jumelles, l'une à gauche, plus rugueuse que toute la méchanceté du monde, mais l'autre sera douce à toucher, plus douce que toute la bonté du monde, aussi douce en tout cas que la voix de Madame Séguin et la peau de Mademoiselle Élizabeth... Ces deux portes auront deux serrures l'une d'or, l'autre de fonte, et tu tiendras dans ta main, Coco, dans ta belle main de clarté qui a un œil à chaque doigt, dans ta main infaillible, tu tiendras les deux clefs qui les ouvrent... Ouvriras-tu la porte de l'enfer?

Coco de rire encore une fois. C'est tellement plus facile de se faire entendre ainsi quand on se sent déjà compris. Il m'avait remplacée dans l'attention de mon père... Coco, de son vrai nom Jean-Louis Maurice, dossier 1449, né le 17 mars 1951, alors âgé de quinze ans et demi... De son vrai nom? Je devrais plutôt dire de son nom officiel, sans rien derrière son officialité, vu que Coco est né de père et de mère inconnus comme c'est écrit au dossier, sans doute bien informé, car il ajoute ce dossier: «Et de parents incestueux.» Comme si tous les parents n'étaient pas incestueux, seuls à enfreindre le tabou dans la maison sacrée, à la sauvette et à l'insu de leurs enfants graves et candides, quittes à attirer sur eux la colère des dieux! Seulement voilà: tout un système de rites et de lois, avec une double hiérarchie de pontifes, d'archidiacres et de prêtres, de juges, d'avocats et de huissiers, a été mis en place pour l'escamoter, cet inceste matrimonial. Le seul coupable, désigné à la vengeance céleste et à l'opprobre des hommes, est un pauvre enfant né à la crèche, nanti d'un patronyme tiré au bingo, gardé dans un orphelinat, lieu de l'infanticide rituel, oui, parfaitement, depuis des siècles, et par cet artifice connu et révéré comme une des plus belles institutions chrétiennes... Durant les années vingt, la mortalité y atteignait encore les 80 % contre les 10 % dans les familles. Faites la soustraction, vous aurez une proportion édifiante. Et quand je dis édifiante, c'est que tout simplement, mon Dieu ! on s'en édifiait, non content de la trouver normale, de s'y complaire, d'en exulter. Bien des petits problèmes se trouvaient réglés ainsi. Seulement, en 1951, les règlements commençaient à traîner. La médecine ayant fait quelques petits progrès, l'infanticide rituel ne réussissait plus si bien. Il s'avéra que Jean-Louis Maurice vivrait. Alors quoi ! il fallut bien faire quelque chose. Dès l'âge de six mois, il fut mis en l'hôpital Saint-Jean-de-Dieu, sans doute à cause du petit train dans les corridors, destination *nowhere*. Le 9 novembre 1954, sans quitter la traque, il est envoyé au Mont-Thabor. « Retard très marqué, note le docteur Loignon, faiblesse physique, strabisme, cas d'inceste. »

Le dossier 1449, mis à part les incidents infectieux, se résume aux quelques remarques suivantes : 1er octobre 1957, contusion à l'œil gauche ; la gardienne l'aurait projeté par terre. 2 juin 1958 : comprend quelques ordres élémentaires. Malpropre au lit (et pour cause : il y était attaché). Instabilité motrice. Sans intérêt pour les jeux. Ne se mêle pas aux autres. 31 octobre : strabisme convergent, séquelles de rachitisme. Reste fragile et fait de la fièvre à rien. Incapable de coopérer à l'examen. Parle pas, réagit aux marques d'affection. Semble avoir une préférence pour le rouge... Cette dernière observation est signée d'un psychiatre. Le 24 mars 1965, celle d'un réputé neurologue, prêté par l'hôpital Sainte-Justine pour procéder à une classification scientifique des enfants internés au Mont-Thabor : « Incestueux, il est possible que la débilité mentale ait existé déjà chez les parents. Niveau de socialisation très inférieur. Strabisme. Sa vue semble avoir baissé. Conclusion : retard mental profond héréditaire. » Le réputé neurologue avait sans doute réussi à rendre le pauvre Coco translucide pour apercevoir derrière lui deux parents qu'il n'avait jamais entendus, touchés, examinés, qu'il ne connaissait que par le mot inceste. Sa conclusion signifie qu'issu de deux innocents, Coco est inatteignable, timbré au deuxième étage, piqué à la deuxième puissance, par hérédité, on ne rit pas. Non, on ne rit pas, mais on se dit qu'au lieu de faire de la magie et de jeter les bases d'un nouveau racisme, il eût mieux fait d'examiner Jean-Louis Maurice sérieusement : il se serait rendu compte qu'il était aveugle depuis très longtemps et que rien n'indiquait qu'il eût jamais vu. Telle fut la conclusion de l'oculiste qui le vit par après. Telle était d'ailleurs l'opinion des diplômés du sens commun, des gardiens, des gardiennes, seuls thérapeutes qu'ait jamais vus Coco avant d'avoir ses quinze ans et demi révolus.

Dans son rapport du 21 septembre 1966, le psychologue note que depuis son hospitalisation « aucune évaluation sérieuse n'a été faite du potentiel intellectuel de Jean-Louis Maurice, ni même une observation de son comportement... Ce garçon a un contact très facile, il sourit, rit même avec spontanéité, il pose des questions, écoute quand on lui parle et, dans la mesure où il a compris la question, répond adéquatement. On voit très rapidement que son mode d'approche privilégié est tactile : il étend les mains sur la table et de proche en proche saisit tous les objets qui s'y trouvent ; il les palpe, les tourne et retourne en demandant : « Que c'est ça ? » Dès que la réponse verbale lui est donnée, il passe à un autre objet ; s'il reconnaît un objet familier, il le dénomme avec une joie visible. C'est ainsi qu'il a reconnu très facilement : une automobile (une « machine »), le téléphone (dont il connaît le maniement du cadran), les crayons, les livres, un petit cheval, une poupée (la « catin »)... Avec le trousseau de clefs, il a très rapidement localisé la serrure de la porte et ajuste la clef correspondante. Puis de la table il est passé aux meubles : le bureau, avec ses tiroirs, la bibliothèque, les fauteuils. Il ne se contente pas de toucher, il manipule, explore, cherche, retient. De la bibliothèque, il a sorti un livre et l'a replacé ensuite exactement à sa place... Cette remarque sur sa mémoire n'est pas isolée : chaque objet a toujours été remis à sa place exacte et lorsque tel ou tel lui a été redemandé, l'enfant a tendu la main sans hésitation vers l'endroit précis où il l'avait déposé. Il ignore, bien entendu, beaucoup de choses très élémentaires : distinguer la droite de la gauche ; le haut et le bas ; se désigner comme garçon ou fille... si c'est le matin ou le soir. Mais il a cependant acquis des connaissances étonnantes, compte tenu de son peu d'expérience. Par exemple, il peut désigner sur lui-même et sur une poupée les principaux organes sensoriels, les membres et les attributs vestimentaires. Il a compris la relation entre une clef et une serrure... Observations fragmentaires, certes, mais qui dénotent une capacité de compréhension et de mémoire – une organisation spatiale (dans un espace vécu et non encore objectif) – qui font penser à un *potentiel initial bien supérieur* au niveau mental que le dossier rapporte (sans qu'il soit possible de le préciser numériquement). *Langage*: Actuellement, Jean-Louis est en possession des tout premiers éléments du langage: phonèmes, mots isolés et phrases simples. Mais l'articulation très défectueuse rend la communication et l'expression fort malaisées. Il sera difficile d'y remédier, les structures articulatoires acquises étant toujours longues à se modifier, etc. »

Bref, un garçon dont on s'est approché sans le voir, dont l'intelligence normale a été obturée par une double cécité, celle du dossier 1449 et la sienne. À quinze ans et demi, l'âge des apprentissages est fini. La meilleure part des virtualités s'est usée en cris, en pleurs, en infections, en une vaine et tragique lutte. D'ailleurs, Coco a été jugé gardable; il restera dans sa catégorie. Pas question de rattrapage. Le passé présage l'avenir. Enfant sauvage, abandonné à lui-même, il a été, enfant sauvage il restera, élevé dans les institutions supposément spécialisées, aux frais de l'État, à dix-huit piastres par jour, comme dans une jungle.

Son ombre s'étend jusqu'à moi, son ombre d'où sortent ses deux mains lumineuses.

Quand il aura ses dix-huit ans, on le retournera du Mont-Thabor à Saint-Jean-de-Dieu où le petit train n'a pas cessé de rouler, destination *nowhere*, pour qu'il ne dévie pas de son destin, interné à perpétuité dès sa naissance par le décret des dieux, décret qui a été entériné par qui de droit selon les prescriptions de la loi, rien à redire, tout est régulier, Tinamer, même si tout le monde s'est trompé et qu'en dessous du décret il y a un fameux bordel, un pêle-mêle où grouillent et gigotent savants spécialistes, noires divinités, parents incestueux, où l'on discerne l'œil de Pluton, une oreille de Némésis, un bras de Shifman, une patte de Loignon et des bibis de psychiatres.

En attendant, ledit Coco est logé au dernier étage du Mont-Thabor, dans la salle Notre-Dame-de-Lourdes, une salle haute pour arriérés profonds, classés gardables, justement la catégorie de ceux qui ont précédé les Juifs, les Gitans et les Slaves dans les fours crématoires de la grande Allemagne disciplinée et musicienne. Dans cette salle, on fait mieux que garder, on entasse. Ils y sont une soixantaine, les chers enfants, alors que normalement au-dessus de trente le moindre d'entre eux serait de trop. Les locaux comprennent un grand dortoir, un cabanon pour les trop turbulents, une chambre vitrée pour les sérieusement malades, une section pour les eaux, lavabos, bains, douches, closettes et urinoirs, la pièce des lingères, une petite cuisine, le poste de garde où sont les soixante dossiers, d'où l'on distribue les potions et les pilules, où l'on panse les blessés – poste de garde qui est le saint des saints de Notre-Dame-de-Lourdes, c'est là que se tient la mafia des diplômés à s'affairer et à ne rien foutre ; et, plus en avant, donnant sur le corridor, la salle de séjour où l'on vient du dortoir, le matin, d'où l'on retourne au dortoir, le soir, cinquante-cinq pieds par trente-deux, au centre le terrazzo gris, sur le pourtour soixante chaises droites adossées au mur, entre les fenêtres grillagées.

Chaque avant-midi, le terrazzo est lavé, essuyé, ce qui oblige gardiens et gardiennes à contenir leurs soixante pupilles d'un côté de la pièce puis de l'autre. Cette pièce de cinquante-cinq pieds par trente-deux se trouve déjà rétrécie du tiers, lequel sert de réfectoire, séparé du reste par une clôture rustique, semblable à celle dont on fermait les jardins, naguère ; seule différence, elle n'est pas peinte en vert. Dans le tiers vacant le préposé aux planchers se déhanche pour donner au mouvement de sa vadrouille le plus d'aire possible ; après cinq ou sept grands coups, il s'arrête pour l'aller dégorger de son eau dans l'essoreuse à pression fixée sur le bord de son seau. Ce seau et cette vadrouille symbolisent un métier simple, utile et de compréhension facile. Certains des garçons le considèrent avec respect ; ils se demandent si, devenus grands, ils ne seraient pas aptes à l'exercer comme le préposé qui, son plancher fini, allume une cigarette, prend son seau et sa vadrouille, se fait ouvrir la porte par un gardien et s'en va de Notre-Dame-de-Lourdes, sa liberté gagnée. Ce lavage matutinal, malgré les bousculades qu'il provoque, représente un des bons moments de la journée. L'après-midi, on pousse les chaises au milieu de la place, tournées vers un appareil de télévision, désigné sous le nom d'éponge car il absorbe l'attention, même si l'on n'y comprend rien ; on est retenu à cet écran de dérision, miroir d'un univers impénétrable, abscons et tragique. Pendant que Yoland Guérard[21] chante, changement de personnel, c'est la

---

21. Célèbre chanteur de charme de la télévision canadienne des années 1960.

nouvelle équipe qui donne le souper. Dès cinq heures, on vide le jardinet-réfectoire, on referme les petites barrières rustiques. Autre séance d'éponge puis une collation, enfin le coucher. Après le règne du jour sur le monde entier réduit à une superficie de terrazzo gris de cinquante-cinq pieds par trente-deux, voici le noir qui se rapproche, l'adhésif parfait qui ne laissera passer que les plaintes, le grand sommeil médicamenteux. Une autre journée de perdue, c'est autant de gagné. Dans les ténèbres, le Mont-Thabor pavoise pendant qu'à Notre-Dame-de-Lourdes, gardiens et gardiennes de l'équipe du soir jouent aux cartes en attendant la relève des deux surveillantes de nuit.

Quand Léon de Portanqueu s'amenait, le lendemain, arrivé dans le corridor, devant la porte de cette salle haute qui tenait plutôt du souterrain, caverne à laquelle la Vierge avait donné son nom, on se demande bien pourquoi car rien n'indique qu'elle y soit jamais venue, il tirait de sa poche son gros trousseau de geôlier, choisissait la bonne clef, ouvrait la porte : Jean-Louis Maurice, de la salle, en faction près de la porte, l'avait déjà reconnu qu'il n'était pas encore entré. Ainsi chaque matin, attendait-il mon père qui, chaque matin, se sentait ému, obligé, coupable envers ce garçon qui, s'étant emparé de son trousseau, refermait la porte à clef et lui frayait ensuite chemin, lui, l'aveugle, au travers la cohue des enfants énergumènes vers le poste de garde où les prêtresses de la caverne s'affairaient. Là encore, c'était lui qui ouvrait et refermait la porte, toujours à clef, bien entendu. Les gardiens et gardiennes restaient dans la salle de séjour, au milieu de la cohue. Eux seuls, simples gens du peuple doués de sens commun, parfois généreux, soignaient les enfants internés, les poliçaient et parfois leur faisaient faire quelque progrès. C'est une gardienne et une lingère. Madame Séguin et Mademoiselle Élizabeth, l'une à la voix modulante et fine, capable de se glisser dans un balbutiement et d'en tirer les phonèmes et les mots, l'autre à la peau douce, aux mains taquines et à l'haleine fraîche, qui, sans trop s'en rendre compte, tout bonnement, ont tiré Jean-Louis Maurice de ses limbes, trop tard, hélas!

— Bah! disait Léon de Portanqueu, je vais t'enseigner le ciel et l'enfer.

Et il les lui enseigne, cela ne fait pas très sérieux. Le sait-il? En tout cas, il se toque, poussant à bout le bon et le mauvais côtés des choses, les magnifiant.

— Pas sérieux? réplique-t-il avec indignation.

Pardon, le ciel et l'enfer font partie d'un vieil héritage; ils ont gardé intacte l'idée de justice aussi longtemps qu'elle n'a pas été réalisable sur terre; ils étaient le principe même de la contestation. Irréalisable autrefois, est-elle réalisée, maintenant, cette justice? Allez au Viêt-nam recevoir la Pentecôte du napalm!

Une voix est derrière moi, une voix familière qui me parle tout bas et fait: «Bon! la tirade du Viêt-nam à la sauce du Mont-Thabor! Vraiment, Tinamer, il ne se prive de rien, ton cher et vénéré père!»

— Une Pentecôte sous le pieux patronage du pays le plus riche du monde, successeur de la grande Allemagne disciplinée et musicienne. En cas de victoire nazi-nazo-américaine, pas un moment à perdre: relancer le ciel pour les victimes, l'enfer pour les bourreaux. Même chose pour Jean-Louis Maurice: à lui la clef d'or du Paradis, à vous les supposés instruits, les demi-criminels, la clef rouillée de l'enfer. Il le faut. Autrement il n'y aurait plus de justice, ce serait la fin du monde.

La voix d'Etna continue :

— La fin du monde, ah ! il ne s'en prive pas, Tinamer, Monsieur Léon de Portanqueu. Encore s'il avait gardé sa vieille robe de chambre, sa relique du massacre de Lachine, son burnous, elle passerait mieux sa rhétorique. Mais il est habillé comme tout le monde, elle devient grotesque.

— Tais-toi, Etna, tais-toi !…

Je me suis trompée, ce n'est pas Etna qui parle derrière moi. Le type, sans doute un diplômé modeste et de bonne volonté, continue que la tirade l'impressionne, car il se veut coupable comme tout le monde : « Seulement je crains qu'elle ne soit la faconde d'un justicier qui cherche à se disculper aux dépens des autres pour voir triompher la justice en lui seul. » Élevant la voix, il dira par-dessus mon épaule :

— Savez-vous, Monsieur de Portanqueu, que vous êtes un homme dangereux ?

Il croit peut-être le flatter et l'amadouer ainsi ? Mais mon père, la main dans sa poche, palpant les deux clefs qu'il a fabriquées pour le salut du plus faible et la perte des plus forts, mon père reste raide, le visage dur, ni flatté ni amadoué ; il n'est surtout pas étonné.

— Un homme dangereux, oui, certainement. Ma fille Tinamer a déjà cru que j'étais un voleur et elle m'aimait quand même.

— Eh bien ! dites-lui que vous êtes pire qu'un voleur.

— Je le lui dirai. Cela lui fera le plus grand des plaisirs, car elle avait perdu confiance en moi.

Le type, avant de s'en aller, dira encore:

— Vous m'excuserez, mais je préfère la veulerie à l'indignation. Avant de se justifier, il faut chercher à remédier.

Ainsi donc, mon père n'était pas voleur mais geôlier au Mont-Thabor, au bout du mauvais côté des choses, dans un lieu retiré dont personne ne voulait rien entendre – finie la transfiguration, l'aura épileptique! Le démon muet cherche à précipiter l'enfant dans le feu ou dans l'eau pour le faire périr. Voleur, on va ici et là, aussi longtemps qu'on ne se fait pas pincer; on reste libre, plus désinvolte que quiconque parce qu'on ne pactise pas avec le Minotaure et son organigramme, parce qu'en volant on est guérillero. Tandis que geôlier, malgré son gros trousseau de clefs, on est bel et bien enfermé.

Lieu d'exclusion, pourtant inclus au cœur de la cité comme un chancre secret, comme une plainte, un cri étouffé, comme le malheur refoulé pour qu'à la télévision domestique continuent de triompher la blancheur des babines retroussées, les sourires à dentiers et l'évangile selon Colgate et Palmolive, le Mont-Thabor était une institution spécialisée, un hôpital *psychiatrique* de la psychiatrie à bibi, d'importation étasunienne, où les débiles, les presque normaux étaient privilégiés, logés dans des salles princières et tous psychiatrisés, c'est-à-dire déclarés schizophrènes, où les autres, entassés comme on l'a vu, faisaient les frais de ce diagnostic universel et obligatoire. Les autres représentaient l'immense majorité des enfants internés, pauvres d'esprit et de corps, tordus, difformes, balbutiants, épileptiques, innocents coupables de tous les péchés du monde, rejetés de tous, rejetés même de l'hôpital dans l'hôpital, rejetés au point qu'on ne voulait plus les voir ni en entendre parler, des enfants dont plusieurs avaient été déclarés morts dans leurs familles (le plus souvent bourgeoises) et qui vivaient, d'autres qui auraient pu être sauvés, tel Jean-Louis Maurice, qui ne l'avaient pas été et restaient avec un mal irrémédiable, d'autant plus atroce qu'il était à deux tranchants, mutilant ceux qui le souffraient, décapitant la société pour crime d'incurie, pour son manque d'amour et de vigilance – des enfants qu'on cachait soigneusement sous l'ordre exprès de Sa Seigneurie Nènême Trahin, juge délégué par le roi Hérode, *order-and-law*, pour cacher à la dite société qu'elle n'avait plus de tête… Et parmi cette cohue effroyable, masquée sous des dehors humanitaires, il y avait même des victimes d'une médecine abusive et bête, sans aucune inhibition quand il s'agit d'hospitaliser les enfants de six mois à deux ans, et ces victimes-là qui avaient été des enfants absolument normaux, vivant au jour le jour comme on le fait à cet âge, sans mémoire personnelle pour garder leur identité après la nuit, ne la retrouvant que par la pérennité du milieu, qui, brusquement arrachés à cette mémoire extérieure, avaient revu le jour dans l'horreur des lieux aseptiques, dans le désert de l'inconnu, en étaient restés frappés de stupeur à jamais.

Je me souviens à présent que Léon de Portanqueu m'avait déjà parlé de ces derniers, lorsqu'à ma propre expérience il ajoutait la sienne, me racontant comment pour la première fois, à la faveur d'un incendie, il avait pu traverser la nuit sans perdre le fil de son identité. Le monde restait alors partagé, divisé pour moi, sa fille, entre le bon et le mauvais côtés des choses, modeste préfiguration du ciel et de l'enfer réinventés au profit de son petit ami Coco.

Plus tard, beaucoup plus tard, nous nous étions déjà détournés l'un de l'autre, il m'avait dit, je le voyais mal, je l'entendais à peine, il m'avait dit : « Tinamer, c'en est fini de moi, tu auras bientôt seize ans. Je te pardonne de m'avoir chassé du conte qu'ensemble nous avions inventé. »

Je lui réponds : « Léon de Portanqueu, esquire… » Il m'interrompt, prétendant qu'il en a assez de ce titre dérisoire, de cet héritage, car il s'agissait d'un héritage de mon grand-père, d'un ancêtre que je connais moins bien que Noé.

— Esquire, c'est lui qui l'était, quand, après avoir été cultivateur, ce qui ne le distinguait pas, il devint négociant de grains et de foins dans la plaine victorienne du comté natal… Je t'y emmènerai, Tinamer, tu verras, c'est encore écrit en lettres géantes sur une vieille grange… Dès qu'on brassait un peu d'affaires, à l'époque, et qu'on pût rédiger une lettre commerciale correctement, en anglais, on était esquire, c'est-à-dire habilité à devenir député, conseiller législatif, sénateur. Un grand titre, Tinamer. Mon pauvre bonhomme s'en honorait beaucoup, le croyant même héréditaire. Je l'ai gardé pour l'honorer, puis les temps ont changé, ce n'est plus maintenant qu'un long poil qui me pend au bout du nez, par lequel on me tirera, dans l'assemblée où je vais, au milieu des éclats de rire et des *oh! oh! che naso brutto*, tu en sais quelque chose, ma pauvre Tinamer.

J'en sais qu'il m'ennuie, cet esquire avec poil ou sans poil. Etna d'intervenir pour me demander ce qu'il veut, cet homme. Je crois qu'il veut s'en retourner dans le comté de Maskinongé pour faire sabbat. Seulement il lui faudrait son burnous, sa vieille robe de chambre, sa relique du massacre de Lachine – n'est-ce pas idiot, non? Cela ne rencontre pas l'avis d'Etna, la voilà dans les bras de son Léon comme la dernière des dernières. Elle lui dit: « Non, tu ne feras pas ça! » Ils abusent ces parents! Voilà ce que je pensais, pas tellement intéressée à savoir ce qu'ils pensaient, pourquoi ils s'énervaient, se broutaient les oreilles, pauvres grandes bêtes ridicules. Etna m'avait dit: « Vite Tinamer ou tu seras en retard pour l'école. »

CHAPITRE DOUZIÈME

Mes années d'insouciance ont coulé comme l'eau.
L'arrière-goût m'en est venu plus tard. Il n'y avait plus
de bon ou de mauvais côté aux choses. Le monde s'est
trouvé réuni, limpide et sans saveur. À l'indifférence
succédera l'habitude de l'indifférence. Je serai longue à
me reprendre, à redevenir ta Tinamer, Léon de Portanqueu! La dernière fois que je t'ai vu, c'était au mois de
mai, tu guidais Jean-Louis Maurice par la main, l'em-
menant voir, lui, pauvre aveugle, les trois ou quatre
amélanchiers qui restaient dans notre bois dévasté. Je
n'ai pas été jalouse. Bélial, Bouboule, Jaunée, Thibeau
vous suivaient, ta véritable famille. Vous alliez au rendez-
vous de Messire Hubert Robson, à la cérémonie cham-
pêtre où ce curé errant, cet Irlandais, ce fou, devait retrouver enfin Mary Mahon, la fillette qui l'avait tant
fait marcher, qu'il cherchait depuis plus de cent années.
«Tu les ramèneras tous à dîner», t'avait crié Etna du
pas de la porte. Toi, tu annonçais à ton innocent, au
bien nommé Coco, qu'il entendrait chanter le Saint-
Esprit, la troisième personne de Dieu, oui, pensez donc:
le loriot! Je ne vous avais pas accompagnés.

Aujourd'hui, les larmes m'en viennent aux yeux:
tout cela devait être beau, même si tu n'avais pas mis
ton burnous. Je pleure et me console ainsi, me disant

que peut-être tu avais deviné qu'un jour je pleurerais.
Pauvre Léon de Portanqueu! pauvre moi! ta cérémonie m'avait paru une sorte de plaisanterie, une de tes
extravagances que je ne goûtais plus. Tu me semblas
ridicule. Habillé comme tout le monde, je me serais
attendue à ce que tu fasses comme tout le monde. Tu
n'étais plus qu'un homme entre les autres, un quelqu'un
assez quelconque. Puis, tu t'en es allé. Quand j'ai su
que tu ne reviendrais plus, il m'a semblé que tu étais
parti depuis longtemps déjà. Je t'ai pleuré convena-
blement, mais avec quelle facilité! Ma peine glissait
légère. On s'apitoya sur moi: aurais-je pu en faire
autant? Au fond ce deuil m'amusa. Que changeait-il
à ma vie? Rien. Du moins pour quelque temps. Si tu
savais comme nous nous sommes bien passées de toi,
Léon de Portanqueu, ma mère Etna et moi! Moi, ta
Tinamer, en tout cas. Etna, elle, soupirait, mais je ne
m'en rendais pas compte. Puis, un jour, elle m'a fait un
petit signe de la main, que je n'avais pas prévu, adieu
timide, un peu confus, un peu honteux, et elle a baissé
les yeux, cette femme épanouie, restée plus jeune fille
que moi; elle est allée te rejoindre, toi son complice,
son mari, son vieux compagnon d'inceste. Je suis restée
seule dans un monde sans opposition, sans contraste,
qui ne s'était pas réuni pour rien. Née d'une sorte de
conte, je me trouvais à en être sortie. Il n'y avait plus de
bon ou de mauvais côté des choses; il n'y eut plus désormais que le monde et moi, tout simplement. Vous
étiez partis. Je me suis rendu compte que j'étais aussi
sortie de mes années d'insouciance. Dans ma solitude,
j'éprouve du regret pour un conte inachevé, pour la
quiétude et le bonheur qu'il représentait. J'ai même

l'impression d'en avoir été chassée. C'était un beau conte facile et hétéroclite où à ma mémoire s'ajoutaient la vôtre, celle aussi de Bélial, de Thibeau, de Jaunée et de Bouboule… Si ce n'est pas vos mémoires, n'était-ce pas alors, constellation de mon enfance, vos yeux tournés vers moi, vos chers et pauvres yeux éteints, par lesquels je me voyais ? Maintenant c'en est fini. Je suis toute à moi, en moi, et je ne me vois plus. Je sens mes yeux, mais ces yeux ne me montrent que de vagues signes de ma présence. Est-on un piège pour soi-même, une prison, plus tard un cercueil ? Et je me dis en cette captivité de mes vingt ans, je me dis Tinamer, ma pauvre Tinamer, tu as lancé un peu vite, il me semble, les bouledozeurs en arrière de la maison, dans le petit bois enchanté et bavard.

— Je n'y peux rien, c'est fait.

— Tu tenais le fil du temps, pourquoi cette hâte à te hisser jusqu'à tes vingt ans comme une petite chèvre de montagne ? Beau paysage ! Tu n'y es plus, Tinamer.

Je me réponds que je ne m'y vois plus parce que c'est moi désormais, le paysage, parce que c'est moi, le monde… Quelle phraséologie !

— Et ton récit ?

— Convention, mensonge ! Depuis quand, ma chère, les enfants de cinq ans (qui en ont en réalité vingt) écrivent-ils leurs mémoires ?

— Depuis toujours, Tinamer. Convention, mensonge, bien sûr, mais c'est aussi ce qu'on appelle l'art d'écrire. On ne demandait pas mieux que de te croire. À cause de l'amnésie des premières années, tu pouvais dire n'importe quoi.

— Il est agréable d'écrire en autant que la fabrication ne l'emporte pas sur la bonne foi.

— Pauvre Tinamer, tu serais septuagénaire que ta confession d'enfant de trois ans paraîtrait encore plus véridique. À la condition de ne pas oublier les fleurs, les oiseaux et les étoiles, ingrédients que tu n'avais pas manqué de nous servir.

— Je suis septuagénaire, j'ai vingt ans, et je dis que je suis septuagénaire.

— Eh bien! te voilà chassée des années crépusculaires de ton enfance. Et chassée par qui? Chassée par toi-même. Tu voulais en faire je ne sais quoi, un conte? une thèse? Eh bien! il est raté, ton je-ne-sais-quoi.

C'est le diable, je crois, qui me tente. Retire-toi, Satan, pauvre imbécile! car si je ne me vois plus dans le paysage, telle une chèvre grimpée, au moins je peux me dire que tu ne vois rien en moi, pas plus que je n'y vois. Va cher ami, va, jette-toi en bas de la montagne: les anges ralentiront ta chute et tu toucheras terre comme un dieu. Va, farceur! Va, mon bel écrivain!

Me voici donc renvoyée à ma vérité du moment, à ces vingt ans que je n'ai pas gagnés, qui me sont venus d'eux-mêmes mais dont je me suis acquittée en les payant de tous mes êtres chers – à qui? Je ne le sais trop, au Minotaure peut-être, sur le mauvais côté des choses. Tout ce que je sais à présent, c'est qu'en deçà du ciel et de l'enfer qui restent là où ils ont toujours été, ou trop haut ou trop bas, et qu'on serait bien bête de ne pas garder pour les cas extrêmes et les conjonctures désespérées, c'est que sur terre, le bon et le mauvais côtés des choses sont revenus, d'un partage variable, pour un combat à n'en plus finir, sans trêve et sans merci. J'étudie la psychopédagogie. Digne fille de celui qui ne fut qu'un geôlier déclamatoire, il se peut fort qu'un jour je rejoigne après lui le Mont-Thabor, au-delà du quartier Hochelaga, au fin bout, à la pénouille du mauvais côté des choses.

Me voici seule dans ma chambre, la plume à la main, assise à une table encombrée des pages que j'ai déjà écrites et des livres dont je me suis inspirée, *Ollivier*, épopée chevaleresque de Cazotte, *Les Bois-Francs*, de l'abbé Charles-Édouard Mailhot, dont j'ai tiré, sans guère y changer, le saint personnage de Messire Hubert Robson, et *Le Sens de la direction et de l'orientation chez l'homme*, du docteur ès lettres Pierre Jaccard. Sur ce dernier ouvrage, je garde, encore incongrue, la boussole de Monsieur Northrop. Une boussole qui fait *wasp*[22]. Pour un ancien lapin domestiqué, dressé, discipliné, devenu *wasp* lui-même, c'était un fétiche indispensable.

Le point de départ, qui devient, après le départ, le point de retour, est demeuré longtemps longtemps le seul point fixe au monde. Tous les contes ramenaient le voyageur chez lui, sauvaient l'enfant perdu et l'animal abandonné en leur faisant retrouver leur maison. Ce refuge derrière soi dans l'espace devient, transposé dans le temps, le principe de l'âge d'or. L'ère scientifique dota l'animal et l'homme dit primitif, c'est-à-dire non européen, encore moins *wasp*, d'un instinct

---

22. Acronyme de *White Anglo-Saxon Protestant* (Anglo-Saxon blanc et protestant), désignant aux États-Unis les descendants des premiers immigrants anglais.

infaillible de retour désigné sous le nom d'orientation domocentrique. Les observateurs mirent beaucoup de bon vouloir pour en vérifier l'hypothèse. Certains se surprirent à tricher. Le merveilleux passa des contes à la science. La boussole de Monsieur Northrop oscille dans la même direction que l'instinct primitif. Enlevez-la au *wasp*; il n'est plus qu'un vieux lapin. Laissez-la-lui, il restera ravi de l'heure, tel le vieux gentleman britannique.

L'orientation domocentrique, si merveilleuse soit-elle, ne garantit pas durant le voyage, durant la vie, la pérennité du point de retour, qui reste dans le temps, sujet à transformation, sinon à déplacement, tel notre bois, en arrière de la maison; de plus, se situant au cœur du premier âge, l'amnésie de celui-ci l'obscurcit, le rend aléatoire et variable, sujet à extension, d'une maison devenant comté, d'un comté pays, quitte à se réduire peu à peu, à rien. Un pays, c'est plus qu'un pays et beaucoup moins, c'est le secret de la première enfance; une longue peine antérieure y reprend souffle, l'effort collectif s'y regroupe dans un frêle individu; il est l'âge d'or abîmé qui porte tous les autres, dont l'oubli hante la mémoire et la façonne de l'intérieur de sorte que par la suite, sans qu'on ait à se le rappeler, on se souvient par cet âge oublié. Un pays, c'est plus, c'est moins qu'un pays, surtout un pays double et dissemblable comme le mien, dont la voix ne s'élève que pour se contredire, qui se nie, s'affirme et s'annule, qui s'use et s'échauffe à lui-même, au bord de la violence qui le détruira ou le fera vivre. Bien avant moi, Anatole Parenteau, cet écrivain-menuisier qui n'a fait qu'un livre, un livre naïf et baroque que mon père aimait bien, *La Voix des sillons*, un livre surtout touchant par le désarroi qu'il traduit, le terminait par ces mots : « La patrie c'est tout, la patrie c'est rien. » L'interrelation des deux, de ce tout et de ce rien, je la retrouve en moi, indécise, au bord de je ne sais quoi, dans l'attente de je ne sais qui, entre le goût de vivre et celui de mourir. Toute à moi, j'ai parfois l'impression de me fondre dans un pays intime qui a déjà existé en dehors de moi, dont je serais dorénavant seule dépositaire, et de n'être plus rien sous la girandole des amélanchiers en fleurs, dans le sifflement du vol de la bécasse qui, soudain, s'est élancée d'un fourré d'arrière-cour ou d'un amas de briques rouges et qui tournoie maintenant dans la lumière de Maskinongé au-dessus du quartier Hochelaga, mariant les pays de Léon et d'Etna de Portanqueu.

CHAPITRE TREIZIÈME

APPRENDRE SANS SAVOIR qu'on apprend, sans la conscience qui ferait qu'on apprendrait autrement, sans doute moins bien, empêché par ce qu'on aurait acquis d'acquérir davantage ; (au niveau des conditionnements, lors de l'apprentissage des automatismes, la mémoire et la réflexion seraient superflues, sinon nuisibles. Freud a dû se tromper en faisant d'une amnésie nécessaire un refoulement ; il le tirait d'ailleurs de son système, non de l'observation) ; être comprise sans se comprendre, tout recevoir des siens et n'en point ressentir la dette, devenir soi-même avec les mots de tout le monde, s'appréhender enfin et déclarer, telle Minerve sortie toute armée du penser de son père, qu'on est Tinamer de Portanqueu, l'unique au monde, l'irremplaçable Tinamer, voilà le sort du premier âge.

Puis le dedans se ferme sur le dehors. Des années s'y laissent prendre, désormais captives de l'ombre, apparemment perdues, trois, quatre, six et même davantage, car à l'oubli succède l'indifférence de l'oubli comme un écho muet qui prolonge la durée et augmente l'espace de l'oubli. Dès lors, cependant, de cette intimité close, de cet intérieur obscur, on verra le dehors s'ouvrir devant soi, matin tardif de la conscience dont le fil lumineux ne se mesure plus à la longueur des jours, qui dans la succession de ceux-ci ne se brise pas le soir pour recommencer le lendemain; il est maintenant un fil unique; il traverse la nuit, se faufilant par les rêves; il va de jour en jour, de mois en mois, d'année en décade; c'est lui qui me tire de l'avant – *Oh! oh! che naso brutto!* – et m'a déjà menée à mes vingt ans, devenu le fil de ma vie.

Du moment que, fermée sur moi-même, j'ai déclaré que j'étais Tinamer de Portanqueu, mes yeux se sont ouverts et je vois, bien placée pour le faire, au milieu de toute chose, exactement au centre du monde. Grande situation, situation unique, oui mais, parce que j'y suis, au-dedans de moi, parce que le reste du monde, y compris mes supposés semblables, se présente par le dehors, à l'envers de mon endroit (ou à l'endroit de mon envers), il me semble qu'une absence s'est produite, qu'une personne familière n'est plus là, dans ce que je voyais auparavant.

— Qui donc? Est-ce toi, Tinamer? Aurais-tu été emportée par ces gitans de la mort que sont devenus tes père et mère, ravie sans que tu t'en sois rendu compte, par eux ou par les autres, les barbus, les ancêtres?

— C'est moi, mais je n'ai pas été ravie ni emportée. Je suis restée où j'étais, au milieu de tout, au cœur obscur de mes vingt ans, toute en moi et toute à moi. Je me comprends, je me possède, c'est pour cela que je me cache à moi-même devant le monde qui par moi recommence.

— Tinamer! Tinamer! est-ce une si grande conquête que de devenir sa captive et geôlière, l'une à l'autre enlacée dans un combat à n'en plus finir que tu ne sois devenue la tombe des deux? Est-ce même un avantage que d'avoir vingt ans, d'être belle et de ne plus se voir que sous de fausses représentations comme le Narcisse du miroir, de ne plus se voir que de l'extérieur, comme une autre parmi les autres, comme une quelconque catin de soi-même, alors qu'on reste seule parmi les autres, unique et exposée sur la colline de son moi crucifiant ?

Alors dans mes ténèbres intimes, j'ai eu l'impression d'être recouverte par l'ombre de l'arbre de la mort, malgré le fil de ma vie qui me tirait de l'avant, hors de moi – *Oh ! oh ! che naso brutto !* – alors j'ai eu peur, et, malgré le fil tendu, je me suis retournée…

Qu'ai-je aperçu ? Le bois enchanté et bavard, en arrière de la maison, au mois de mai, avant la feuillaison ; les pissenlits n'avaient pas encore fleuri, mais déjà le loriot chantait. Je me suis retrouvée à la lisière crépusculaire de mes premières années. Dans l'ombre, tous les yeux qui brillaient, brillaient tournés vers moi, les yeux de ma mère Etna, de mon père Léon, du chien Bélial, de la chatte Jaunée, du matou Bouboule et les yeux de Thibeau, mon semblable, mon frère ; ils formaient la constellation de Portanqueu par qui je me revoyais, je me retrouvais, tout aussi bien que par mes yeux je les voyais. Monsieur Northrop tenait par la main une fillette aux cheveux blonds, aux yeux verts, le visage enfin séché de ses larmes et de ses sueurs ; elle souriait à Messire Hubert Robson, tombé à genou devant elle… Le télescope avait été oublié sur son trépied, dans le jardin ; il me rappela qu'au-delà de notre domaine boisé s'étendait la mer des Tranquillités et qu'en face, sur l'autre rive, montant vers le nord, le comté de Maskinongé n'avait pas de fin.

Tout le paradis de mon enfance dans l'espace d'un instant, le paradis déjà perdu. Je ne pouvais pas rester ainsi, retournée en arrière, quand le fil de la vie, déjà tendu, se raidissait à m'en faire mal pour me ramener de l'avant. Ce fut alors que Jean-Louis Maurice, le jeune aveugle, le petit ami de Léon de Portanqueu, Jean-Louis Maurice, mon remplaçant, s'est détaché du groupe, s'avançant lentement jusqu'à la lisière du bois. Je me suis dit: « Tinamer, Tinamer, voici l'ange qui montera la garde. » Il tenait à la main un glaive de lumière qui tellement était éblouissant qu'à peine ai-je pu discerner derrière lui, une dernière fois, l'amélanchier, grande girandole qui perdait ses fleurs, qui bientôt fut éteinte.

— *Oh! oh! che naso brutto.*

Au moment où le fil de la vie me ramenait devant moi, hors de moi, la bécasse aux yeux trop hauts, trop écartés, au bec droit et pointu, ramassée sur elle-même, petite boule sifflante, ta bécasse, Tinamer, s'envola, mais cette fois pour ne plus se poser, pour ne plus revenir, perdue pour elle-même, désormais au-dessus de moi aussi longtemps qu'elle pourra tenir le ciel.

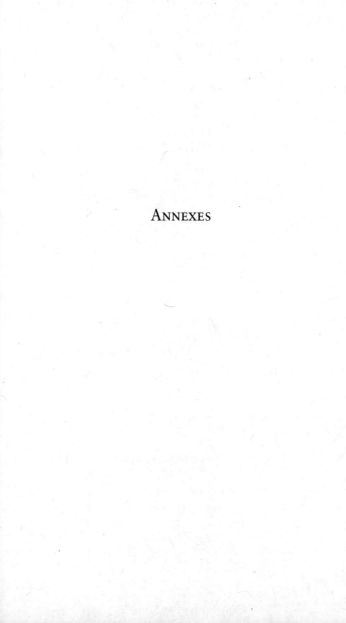

ANNEXES

Notice

Jacques Ferron avait projeté de consacrer une partie de ses années de retraite à faire la « toilette » de ses livres. À la relecture de ses écrits dans leur forme typographique définitive, il leur trouvait toujours quelque défaut et se rendait compte parfois qu'il aurait pu les laisser mûrir, les retravailler avant de les soumettre à son éditeur. Celui-ci, dans la foulée, pressé sans doute d'offrir au public lecteur ces merveilleux textes, s'empressait d'en refiler le manuscrit, tout aussi rapidement préparé, à l'atelier de composition. Puis l'auteur constatait tristement, une fois le cycle de production et de mise en marché complété, que sa création était devenue l'objet d'un commerce sur lequel il lui était pratiquement impossible d'exercer le moindre contrôle : réimpressions, voire nouvelles éditions se retrouvaient ainsi sur les rayons des librairies, à la grande surprise du créateur lui-même, étonné que l'on ne l'ait point consulté. En ce sens, on peut dire que Jacques Ferron a été un écrivain que directeurs littéraires et éditeurs ont traité mal.

Ce grand projet de révision, il l'avait déjà amorcé en retouchant *La nuit* et *Papa Boss* et il aurait vraisemblablement accordé beaucoup de soins à *L'amélanchier*,

« ce petit livre qui [lui avait] donné beaucoup de mal sur la fin[1] » et dont certains passages, de son propre aveu, pouvaient être quelque peu confus[2]. Aussi peut-on penser qu'il se serait dit d'accord avec cette édition,

---

1. « Puisque vous me parlez de *L'amélanchier*, que je vous dise que [...] ce petit livre m'a donné beaucoup de mal sur la fin, car je voulais le finir, ayant remarqué que Carroll n'a guère essayé de vieillir Alice. C'est là que se trouve la difficulté majeure. Comme le dit très bien Alain dans ces « Mythologies de l'enfance », on aime bien les premières idées qu'on a eues, fausses, farfelues, où la porte s'ouvre parce que le chat miaule, et qui restent en chacun, comme le montre la vogue pour la pensée magique. L'enfant est le reflet de son milieu, tout confus et bariolé qu'il est ; par lui-même il ne vit pas. L'art de Carroll tient de son état [de curé] ; il écarte Alice de son cadre naturel, ce qui est beaucoup, et la regarde de son regard bizarre, d'une tendresse où il y a de la logique mathématique, et cela n'en finit pas comme j'aurais pu prolonger les péripéties de Tinamer, elle, dans son milieu naturel, avec ses parents, anagramme de Martine, mais regardée par Alice et Carroll et Northrop Frye, à qui elle doit beaucoup. J'ai réussi à la sortir de son bariolage d'origine, mais à la fin je suis allé trop vite, j'ai déchiré la trame, comme vous l'avez remarqué, comme je l'avais senti, mais je m'étais dit que cette déchirure était inévitable. » (Lettre de J. Ferron à Pierre Cantin, 2 décembre 1974).
2. « ... la page 142 [de l'édition originale] est fort complexe. J'ai comme l'impression que l'auteur, impatient, se démène dans tout ce mic mac et qu'au fond c'est lui qui dit "Je me suis trompé". Ce qui expliquerait cette faute car en autant que j'ai pu comprendre (le Mouton* vient de me lire cette page au téléphone) ce serait Tinamer qui le dit. Vous devriez savoir, cher Jean Marcel, qu'il m'arrive assez souvent d'être confus. » (Lettre de J. Ferron à Jean-Marcel Paquette, 3 mars 1972).
* Surnom affectueux de Madeleine Lavallée.

qui ne prétend pourtant pas tenir la place d'une édition critique[3].

Sa préparation n'aura guère été aisée. Il fut d'abord impossible de mettre la main sur la copie dactylographiée soumise à l'éditeur, ce manuscrit ayant été détruit, stupidement, avec, paraît-il, ceux de plusieurs ouvrages publiés aux Éditions du Jour dans les années 1970. Quant au manuscrit que nous avons utilisé pour une première vérification du texte, document conservé à la Bibliothèque nationale, à Montréal, il est incomplet. Heureusement que nous avons pu consulter avec profit les épreuves du tirage de 1970, annotées et corrigées en partie par Jacques Ferron, et que nous a gentiment prêtées Jean-Marcel Paquette. Elles ont permis de compléter, avec plus de sûreté, l'établissement du texte recomposé pour la présente édition. Les seules modifications de notre cru apportées à l'édition de 1977 (chez VLB éditeur) se limitent à l'ajout, à quelques reprises, de signes de ponctuation délimitant une citation ou indiquant un dialogue, modifications opérées dans le strict but de redonner au récit sa lisibilité. Nous avons également corrigé quelques rares coquilles et rétabli l'accord de certains participes passés.

*

---

3. Une telle édition mérite d'être réalisée, ne serait-ce que pour faire ressortir la richesse de ce récit, en étudier les très nombreuses variantes, ou apprécier le jeu subtil des emprunts et des références auquel a pu se livrer son auteur.

Les différents tirages des trois éditions en français de *L'amélanchier* totalisent près de 20 000 exemplaires. Traduit en anglais par Raymond Y. Chamberlain, sous le titre *The Juneberry Tree* (sous-titré « a novel »), l'ouvrage fut publié en 1975 par la maison d'édition montréalaise Harvest House, dans sa collection « French Writers of Canada ».

L'édition originale, parue en 1970 aux Éditions du Jour, dans la collection « Les Romanciers du Jour », qualifie l'œuvre de « récit ». Sur le rabat du plat supérieur, l'auteur sert un avertissement qui disparaîtra lors de la deuxième réimpression et qui, quinze ans plus tard, pourra sembler énigmatique. En voici la teneur :

> Un homme, dans une prison, seul, sans autorité, écrit un livre[4] en quatre mois. Ce livre sera lu par un autre homme, seul, sans autorité. Le lien qui s'établit entre les deux est d'ordre privé. Tout comme les relations qu'ont pu entretenir feu le chanoine Baril[5] et Rémi Paul[6]. La justice pour être équitable

---

4. Référence à l'essai de Pierre Vallières, *Nègres blanc d'Amérique. Autobiographie précoce d'un « terroriste » québécois*, paru aux Éditions Parti pris en 1968.

5. Mgr Donat Baril (1880-1960), vingtième curé de Saint-Antoine-de-la-Rivière-du-Loup (Louiseville), de 1932 à 1960.

6. Rémi Paul (1921-1982), né à Louiseville, député conservateur du comté de Berthier-Maskinongé-Delanaudière à Ottawa, de 1957 à 1966, année où il fut élu député unioniste de Maskinongé à Québec. Il devint ministre de la Justice et procureur général de juillet 1969 à avril 1970. Réélu en 1970 et 1973, il fut nommé juge par la suite.

doit s'en tenir à l'ordre public. Toute censure littéraire se retourne contre le censeur et le stigmatise. Le livre relève de la juridiction du lecteur. L'ordre public oblige le citoyen à mille devoirs. La liberté n'existe vraiment que dans le privé, et c'est la force de la littérature de se situer dans cet ordre, force que n'auront jamais les joujoux de McLuhan[7] prénommé Marshall.

Cela dit pour qu'il soit bien compris que *L'amélanchier* ne s'adresse pas aux Rémi Paul ni aux Claude Wagner[8] et qu'il se dresse au contraire contre l'esprit qui les anime, confus et malfaisant.

JACQUES FERRON

---

7. Marshall McLuhan (1911-1980), professeur à l'Université de Toronto ; ses ouvrages consacrés à l'influence des mass médias (surtout électroniques) sur le comportement humain lui assurèrent, dans les années 1960, une renommée mondiale.
8. Claude Wagner (1925-1979), juge à la Cour des sessions de la paix jusqu'en 1964, année de son élection comme député libéral de la circonscription Montréal-Verdun, à l'Assemblée nationale. Ministre de la Justice et procureur général dans le cabinet de Jean Lesage de 1964 à 1966, il fut surnommé Ti-Rouge la Terreur à cause de son radicalisme et de son intransigeance ; aussi pourrait-on penser que c'est lui que Ferron vise dans son récit (p. 127), sous le nom de « roi Hérode ». Wagner fut également député à Ottawa, sous la bannière du Parti progressiste-conservateur, de 1972 à 1978, avant d'être nommé sénateur.

Les exemplaires constituant le troisième tirage (10e mille), et dont l'achevé d'imprimé indique la date du 30 juillet 1971 (il ne faut toutefois pas se fier à cette date qui demeurera la même pour les quatre ou cinq réimpressions de l'œuvre chez cet éditeur), portent l'appellation de « roman ».

L'édition publiée à Paris, aux Éditions Robert Laffont, en 1973, est la copie exacte de celle de 1970, à l'exception de la page de titre et des plats supérieur et inférieur ; l'auteur et l'œuvre y étaient présentés par ces deux notices :

Jacques Ferron
L'Amélanchier

Cinquante-deux ans, auteur de dix-neuf récits et recueils de contes et de plusieurs pièces de théâtre, Jacques Ferron est l'un des écrivains en qui le Canada français unanime reconnaît l'une de ses voix les plus originales et les plus authentiques. Cette voix est celle d'un conteur, d'un si merveilleux conteur que l'on a pu écrire : « Grâce à Jacques Ferron, le pays du Québec est désormais une terre aussi fabuleuse que l'Arabie[9] »... Avec le récit que voici, Ferron nous entraîne du côté de Lewis Carroll, dans le jardin des merveilles de l'enfance où pousse l'amélanchier, l'arbre aimé des oiseaux, et où passent de bien

---

9. Phrase initiale de l'ouvrage de J.-M. Paquette, *Jacques Ferron malgré lui*.

singuliers personnages. Longtemps, tant qu'elle sera une petite fille, Tinamer de Portanqueu vivra du « bon côté des choses », jusqu'au jour où, nécessairement, elle devra franchir la route au-delà de laquelle s'étend « le mauvais côté des choses »... *L'amélanchier* est un très beau livre, dense, sensible, subtil et l'occasion de découvrir un grand écrivain.

(plat inférieur)

Jacques Ferron est né le 20 janvier 1921 à Louiseville, Québec. Il est médecin. Il écrit depuis 1948. Fondateur, en 1963, du Parti Rhinocéros, parti d'humour, dont il est la « corne inspiratrice ». Candidat indépendantiste aux élections de 1966 : battu. A reçu, en 1972, deux grands prix littéraires québécois.

(rabat du plat supérieur)

L'éditeur avait également ajouté une bande publicitaire qui se lisait comme suit :

« Découvrez le plus célèbre conteur du Canada français »

Quant à l'édition de 1977, chez VLB éditeur, elle s'est faite tout simplement en photographiant et en raboutant l'édition originale.

Bibliographie

I

ŒUVRES DE JACQUES FERRON
(Sauf indication contraire,
le lieu d'édition est Montréal)

THÉÂTRE

Aux Éditions d'Orphée:

La barbe de François Hertel, suivi de: *Le licou*,
[1953 ?], 40 pages.

Autres éditions:
les deux œuvres en 1956 et *Le licou* en 1958,
chez le même éditeur; *La barbe…*, Éditions du
Jour, 1970, et VLB Éditeur, 1981.

Le dodu ou le Prix du bonheur, 1956, 91 pages.

Autre édition:
dans *Théâtre 2*, Librairie Déom, 1975.

Tante Élise ou le Prix de l'amour, 1956, 102 pages.

Autre édition:
dans *Théâtre 1*, Librairie Déom, 1968.

Le cheval de Don Juan, 1957, 223 pages.

Autre édition:
dans *Théâtre 1*, Librairie Déom, 1968, dans une
version remaniée.

Les grands soleils, 1958, 180 pages.

Autre édition:
dans *Théâtre 1*, Librairie Déom, 1968, dans une
version remaniée.

Cazou ou le Prix de la virginité, 1963, 86 pages.

Chez d'autres éditeurs:

L'ogre, Les Cahiers de la File indienne, 1949, 83 pages.

Autre édition:
dans *Théâtre 1*, Librairie Déom, 1968.

La tête du roi, Association générale des étudiants
de l'Université de Montréal, 1963, collection
«Cahiers», 93 pages.

Autre édition:
dans *Théâtre 2*, Librairie Déom, 1975.

La sortie, dans *Écrits du Canada français*, vol. 19, 1965,
p. 109-145.

Théâtre 1: Les grands soleils; *Tante Élise*; *Le Don
Juan chrétien*, Librairie Déom, 1968, 229 pages.

Autre édition:
TYPO, 1990.

Le cœur d'une mère, dans *Écrits du Canada français*, vol. 25, 1969, p. 55-94.

Théâtre 2 : Le dodu ; La mort de monsieur Borduas ; Le permis de dramaturge ; La tête du roi ; L'impromptu des deux chiens, Librairie Déom, 1975, 192 pages.

*

ROMANS, CONTES ET RÉCITS

Contes du pays incertain, Éditions d'Orphée, 1962, 200 pages.

> Autre édition :
> dans l'« édition intégrale » des *Contes*, Éditions HMH, 1968.

> Traductions :
> quelques contes, dans *Tales from the Uncertain Country*, en 1972, et dans *Selected Tales of Jacques Ferron*, en 1984, recueils publiés chez Anansi, à Toronto.

Cotnoir, Éditions d'Orphée, 1962, 99 pages.

> Autres éditions :
> aux Éditions du Jour, 1970 ; chez VLB éditeur, 1981 ; chez TYPO, 2001.

> Traduction :
> sous le titre *Dr. Cotnoir*, Harvest House, 1973.

Contes anglais et autres, Éditions d'Orphée, 1964, 153 pages.

Autre édition :
dans l'«édition intégrale» des *Contes*, Éditions HMH, 1968.

Traductions :
quelques contes, dans *Tales from the Uncertain Country*, en 1972, et dans *Selected Tales of Jacques Ferron*, en 1984, recueils publiés chez Anansi, à Toronto.

La nuit, Éditions Parti pris, 1965, 134 pages.

Autres éditions :
aux Éditions France-Québec (Montréal) / Fernand Nathan (Paris), 1979 ; chez Lanctôt, 2005 ; dans une version «nouvelle», dans *Les confitures de coings et autres textes*, aux Éditions Parti pris, en 1972 et en 1977.

Papa Boss, Éditions Parti pris, 1966, 142 pages.

Autres éditions :
dans *Les confitures de coings et autres textes*, chez le même éditeur, en 1972 et en 1977 ; chez TYPO, 1990.

Traduction :
dans la revue *Exile*, en 1972 ; reprise dans le recueil *Quince Jam*, Toronto, Coach House, 1977.

Contes, édition intégrale : *Contes du pays incertain* ; *Contes du pays anglais* ; *Contes inédits*, Éditions HMH, 1968, 210 pages.

Autres éditions :
chez le même éditeur en 1985 ;
chez Bibliothèque québécoise, 1993.

La charrette, Éditions HMH, 1968, 207 pages.

> Autre édition :
> chez Bibliothèque québécoise, 1994.

> Traduction :
> sous le titre *The Cart*, Toronto, Exile Editions, 1981.

Le ciel de Québec, Éditions du Jour, 1969, 403 pages.

> Autre édition :
> chez VLB éditeur, 1979 ;
> chez Lanctôt, 1999 ;
> chez Bibliothèque québécoise, 2009.

> Traduction :
> sous le titre *The Penniless Redeemer*, Toronto, Exile Editions, 1984.

L'amélanchier, Éditions du Jour, 1970, 163 pages.

> Autres éditions :
> à Paris, Robert Laffont, 1973 ; VLB Éditeur, 1977.

> Traduction :
> sous le titre *The Juneberry Tree*, Harvest House, 1975.

Le salut de l'Irlande, Éditions du Jour, 1970, 221 pages.

Les roses sauvages, Éditions du Jour, 1971, 177 pages.

> Traduction :
> sous le titre *Wild Roses*, Toronto, McLelland and Stewart, 1976.

La chaise du maréchal ferrant, Éditions du Jour, 1972, 223 pages.

Le Saint-Élias, Éditions du Jour, 1972, 186 pages.

> Traduction :
> sous le titre : *The Saint Elias*, Harvest House, 1975.

Les confitures de coings et autres textes, Parti pris, 1972, 326 pages.

> Traduction :
> sous le titre *Quince Jam*, Toronto, Coach House, 1977.

Gaspé-Mattempa, Trois-Rivières, Éditions du Bien public, 1980, 52 pages.

Rosaire, précédé de : *L'exécution de Maski*, VLB éditeur, 1981, 197 pages.

> Autre édition :
> chez Lanctôt, 2003 ;

*

RECUEILS DE TEXTES DIVERS

Historiettes, Éditions du Jour, 1969, 182 pages.

> Traduction :
> sous le même titre, Idleston, ON., Brick Books, 1982.

Du fond de mon arrière-cuisine, Éditions du Jour, 1973, 290 pages.

Escarmouches, deux tomes, Leméac, 1975, 391 et 227 pages.

Autre édition:
chez Bibliothèque québécoise, 1998.

Les lettres aux journaux, VLB éditeur, 1985, 586 pages.

Le choix de Jacques Ferron dans l'œuvre de Jacques Ferron, Québec, Les Presses laurentiennes, 1985, 79 pages.

*

PIÈCES RADIOPHONIQUES
(diffusées au réseau FM de Radio-Canada)

J'ai déserté Saint-Jean-de-Dieu, 14 octobre 1971.

Les cartes de crédit, 14 novembre 1972.

Les yeux, 4 octobre 1974.

La Ligue des bienfaiteurs de l'humanité, 28 février 1975.

Publiées dans:
Les pièces radiophoniques, Hull, Vent d'ouest, 1993, 268 pages.

II

ÉTUDES (SÉLECTION)

[ANONYME], « *L'amélanchier* », *L'Église canadienne*, vol. 3, n° 7, juillet 1970, p. 218 et p. 251.

BEAULIEU, Ivanhoé, « *L'amélanchier*, un merveilleux conte de la tendresse humaine », *Le Soleil*, 21 février 1970, p. 43.

BEAULIEU, Michel, « Le monde de Tinamer », *Le livre d'ici*, vol. 3, n° 21, 1er mars 1978, [s.p.].

BEAULIEU, Victor-Lévy, « Sur quelques livres québécois importants publiés en 1970 », *Maintenant*, n° 103, février 1971, p. 44-46.

BELLEMARE, Madeleine, « Ferron (Jacques), *L'amélanchier* », *Nos livres*, vol. 9, mai 1978, n° 22.

BONIN, Pierre-Alexandre, « La construction de l'identité dans *L'amélanchier* et *Le Saint-Élias* de Jacques Ferron », mémoire de maîtrise, Montréal, Université du Québec à Montréal, 2008, 109 F.

BOUCHER, Jean-Pierre, *Jacques Ferron au pays des amélanchiers*, Montréal, PUM, coll. « Lignes québécoises : textuelles », 1973, 112 pages.

CANTIN, Pierre, « Bibliographie sélective de Jacques Ferron », *Voix et Images*, vol. VIII, n° 3, printemps 1983, p. 465-477.

CANTIN, Pierre, *Jacques Ferron polygraphe. Essai de bibliographie suivi d'une chronologie*, Montréal, Bellarmin, 1984, 548 pages ; surtout p. 203-206 et p. 342-348.

CYR, Marguerite, « Le retour aux origines; mémoration et imaginaire de l'énonciation dans *L'amélanchier* de Jacques Ferron », mémoire de maîtrise, Trois-Rivières, Université du Québec à Trois-Rivières, 1998, 197 F.

ÉTHIER-BLAIS, Jean, « *L'amélanchier* de Jacques Ferron : ni à droite, ni à gauche, un livre naturel », *Le Devoir*, vol. LXI, n° 67, 21 mars 1970, p. 15.

ÉTHIER-BLAIS, Jean, « Un Noël de lecture », *Le Devoir*, vol. LXI, n° 289, 12 décembre 1970, p. 24.

GEOFFRE, Suzanne, « *L'amélanchier* : un fragment autobiographique », *Études littéraires*, vol. 23, n° 3, 1991, p. 21-30.

HAECK, Philippe, « Perdre son corps. Une méthodologie pour l'étude du "corps romanesque" : une lecture de *L'amélanchier* », *Présence francophone*, n° 18, printemps 1979, p. 127-133.

LAMONTAGNE, André, « Relire l'enfance : le fantasme intertextuel dans *L'amélanchier* », *Voix et images*, vol. 25, n° 1, 1999, p. 126-143.

L'HÉRAULT, Pierre, *Jacques Ferron, cartographe de l'imaginaire*, Montréal, PUM, coll. « Lignes québécoises » 1980, 293 pages; passim.

MAJOR, André, « *L'amélanchier* : un conte de fées », *Dimanche-Matin*, vol. XVII, n° 11, 22 mars 1970, p. 67.

MARCHAND, Jacques, « Radio MF / Pour le plaisir du texte libre », *Le Devoir*, 26 mai 1979, p. 20.

MARTEL, Réginald, « Ce fut un beau jardin », *La Presse*, 11 avril 1970, p. 29; repris sous le titre

« *L'amélanchier* de Jacques Ferron », dans *Québec 70*, nº 19, octobre 1970, p. 145-148.

MARTEL, Réginald, « Vous n'avez pas changé, Tinamer
de Portanqueu », *La Presse*, 17 juin 1978, p. D4.

MÉLANÇON, Robert, « Géographie du pays incertain », *Études françaises*, vol. 12, nº 3-4, 1976,
p. 267-292.

P[AGÉ], J[ocelyn], « *L'amélanchier* », *Focus*, vol. 1,
nº 9, mars 1978, p. 50-51.

[PAQUETTE], Jean Marcel, « Tinamer au pays des
merveilles », *Livres et auteurs québécois 1970*,
p. 11-14; texte repris dans *Jacques Ferron malgré
lui*, Montréal, Parti pris, coll. « Frères chasseurs »,
1978, 285 pages; p. 171-178. La première édition de cet essai avait paru en 1970, aux Éditions
du Jour.

[PAQUETTE], Jean Marcel, « Introduction à la méthode
de Jacques Ferron », *Études françaises*, vol. 12,
nᵒˢ 3-4, octobre 1976, p. 181-215; repris dans
Jacques Ferron malgré lui, *op. cit.*, p. 213-246.

PAQUETTE, Jean-Marcel, « De l'essai dans le récit au
récit dans l'essai chez Jacques Ferron », dans
L'essai et la prose d'idées au Québec, Montréal,
Fides, 1985, p. 621-642.

[PELLETIER, Claude], *Jacques Ferron, dossier de
presse 1950-1981*, Sherbrooke, Bibliothèque du
Séminaire de Sherbrooke, 1981, [s.p.].

RAOUL, Valérie, « Ferron's Appeal : *L'amélanchier* »,
Canadian Literature, nº 91, Winter 1981, p. 155-
157.

RICHER, Julia, « Échos littéraires. *L'amélanchier* », *L'information médicale et paramédicale*, vol. XXII, n° 11, 21 avril 1970, p. 26.

ROBERGE, François, « *L'amélanchier*, récit de Jacques Ferron », *Sept-Jours*, 4ᵉ année, n° 29, 4 avril 1970, p. 37.

ROSS, Mary Ellen, « Réalisme merveilleux et auto-représentation dans *L'amélanchier* de Jacques Ferron », *Voix et images*, vol. 17, n° 1, 1991, p. 116-129.

SAINT-ONGE, Paule, « *Châtelaine* a lu pour vous », *Châtelaine*, vol. II, n° 6, juin 1970, p. 10.

STRATFORD, Philip, « Quantity Is No Problem », *The Globe and Mail*, juillet 1970, p. 15.

THÉRIO, Adrien, « Tinamer ou le bon côté des choses », *Lettres québécoises: la revue de l'actualité littéraire*, n° 44, 1986-1987, p. 77.

VADEBONCŒUR, Pierre, *Les deux royaumes*; Montréal, Éditions de l'Hexagone, 1978, 239 pages; p. 149-156.

VALOIS, Francine, « *L'amélanchier*: un roman d'apprentissage », mémoire de maîtrise, Trois-Rivières, Université du Québec à Trois-Rivières, 1993, 113 F.

VIGH, Arpád, « Jacques Ferron ou la mémoire extérieure », *Études littéraires*, vol. 23, n° 3, 1991, p. 93-101.

Choix de jugements sur *L'amélanchier*

« C'est une petite fille qui parle, Tinamer de Portanqueu, nous entraînant dans le jardin des merveilles,
du bon côté des choses. Par elle, Ferron remonte le
courant du temps jusqu'à l'amélanchier, l'arbre généalogique par excellence. La petite fille deviendra
grande, elle verra disparaître les fées, les sorcières et
elle découvrira la réalité, le mauvais côté des choses. Il
faut, dit-elle, se souvenir du pays de son enfance dont
son père lui avait très tôt donné la clé. On rencontre
dans ce conte du jour et de la nuit des personnages
étranges, ce M. Northrop, lapin devenu Anglais, et le
père lui-même, que sa fille prendra longtemps pour un
voleur, n'est pas le moins étrange. »

ANDRÉ MAJOR,
Dimanche-Matin

*

« De *L'amélanchier*, quand le manège cesse de tourner
à la fin, il nous reste ce merveilleux conte de la tendresse. Une réflexion tendre et amusée sur la fin d'un
univers qui se brise comme le verre de cristal, qui perd
ses fleurs trop tôt comme l'amélanchier du printemps.
"Tinamer ! Tinamer ! est-ce une si grande conquête

que de devenir sa captive et geôlière, l'une à l'autre enlacées dans un combat à n'en plus finir que tu ne sois devenue la tombe des deux ?" Jacques Ferron a atteint avec *L'amélanchier* le point de non-retour de sa carrière littéraire. Un monde s'est désarticulé qui est celui de l'enfance, cette « lisière crépusculaire de [ses] premières années ».

Aucun univers de beauté, aucun paradis (fussent-ils ceux de l'enfance) ne sauraient tenir devant la souffrance de Coco, image douloureusement caricaturale d'une société qui s'empresse de le coucher au fond de ces dortoirs de la mort, entre l'oubli et la cruauté. Jacques Ferron, à son âge, sait toute l'importance d'une enfance heureuse, mais il sait aussi que ce monde n'a pas fini de guérir qui traite si mal ses pauvres, ses infirmes, ses Mozart assassinés. »

IVANHOÉ BEAULIEU,
Le Soleil (21 février 1970)

*

« D'autres romans de l'enfance ont tenté à leur façon de re-créer une écriture qui colle à ce monde ; ce n'est pas, semble-t-il, le projet de Ferron qui, lui, fouille plutôt les mythologies en prenant ses distances, seul moyen finalement de les interpréter dans le contexte qui fut le leur. Il ne s'en cachera d'ailleurs pas et nulle part prétendra-t-il que Tinamer narratrice a l'âge de Tinamer personnage. Une enfance, donc, aux prises avec les affabulations de cet âge trop vite passé. Mythologie du pays, aussi, que chaque page souligne, familles ancestrales ou Messieurs les Anglais, sans oublier cette rive sud du sud de Montréal, Longueuil, et ce qui allait être Ville-Jacques-Cartier avant de se fondre dans le grand tout qu'est devenu cet espace du bord du Saint-Laurent.

On a, je crois, peu compris Ferron à l'étranger, ce qui ne l'empêche d'ailleurs pas d'être un écrivain d'une très grande importance. Il ne semble d'ailleurs pas s'en porter plus mal pour autant puisqu'il n'a vraisemblablement pas écrit pour qu'autrui perçoive l'âme québécoise. En fait, Ferron peut très bien n'avoir écrit que pour révéler les Québécois à eux-mêmes. Procédant le plus souvent par allégorie ou mettant en scène les personnages réels, il cautionne l'imaginaire. »

MICHEL BEAULIEU,
Le Livre d'ici

*

« ... M. Jacques Ferron est un tendre que séduisent surtout les beautés du style. *L'amélanchier* est plein de descriptions qui sont de vrais poèmes. M. Jacques Ferron fait très attention au rythme de ses phrases. Ce rythme, il l'a langoureux, avec des chutes recherchées, qui ouvrent un nouvel horizon et débouchent volontiers sur le ciel. Il faut dire que l'amélanchier lui-même se dresse à l'orée d'un petit bois qui fourmille d'animaux sympathiques ; par-delà ce havre, il y a l'eau du fleuve et vers le nord, le comté de Maskinongé. Plus loin, grâce à un télescope dressé dans le jardin, il y a la lune et la mer des Tranquillités. Plus loin encore, il y a le rêve et la vie qui vous emporte. Mais revenons à M. Jacques Ferron. C'est donc un tendre que le spectacle de la bêtise et de la cruauté humaine (c'est la même chose) irrite.

[...]

M. Jacques Ferron est hanté par notre passé. Il l'est aussi par notre avenir. Croit-il que nous sommes appelés à survivre? Ce qui me frappe surtout c'est à quel point son patriotisme est terrestre. Il n'est pas, comme l'Abbé [Félix-Antoine] Savard, l'homme des grands espaces immatériels, que traversent, par-dessus les nuages, des théories d'oiseaux sauvages. M. Jacques Ferron est l'homme du terreau natal, d'un certain ciel bien délimité par les yeux, d'une sorte de jardin; il y a, dans son œuvre, des clôtures. Avant, donc, d'aimer une vaste terre, il aimera la petite qui l'a vu naître, il fera le tour de son champ. Il en va de même lorsqu'il parle des hommes. Ainsi, dans *L'amé-lanchier*, M. Jacques Ferron trace le portrait de sa famille. Cela, de toute évidence, l'amuse et l'émeut. Tous ces Ferrons renaissent sous sa plume, géniteurs inconnus, mais sans doute pleins de personnalité; il en est sorti notre romancier, une source inépuisable de peinture et de mots et (toujours du côté des femmes, c'est M. Jacques Ferron qui nous l'apprend) Rose Fer-ron, la stigmatisée de Woonsocket. C'est pour des détails comme celui-ci qu'il est toujours agréable de lire M. Jacques Ferron. Il vous agace pendant des pages (mais pas dans *L'amélanchier*) et puis, on lui par-donne à cause de la stigmatisée. Tout le monde n'a pas cette originalité d'esprit.

Au cœur du jardin, de curieux êtres paraissent, qui donnent sa vraie dimension au monde de Tinamer:

trois Anglais qui sortent tout droit d'*Alice au pays des merveilles*. M. Northrop, c'est le Lapin; la petite fille blonde, c'est Alice, et le prêtre amoureux de cette belle enfant, qui est-ce donc, sinon Lewis Carroll lui-même (dont on sait à quel point il aimait les petites filles). La féerie est ici parfaitement littéraire, mais arrangée. M. Jacques Ferron aime sa terre natale et les dernières pages de son livre forment une belle méditation sur ce thème; mais il est aussi hanté par le mystère de l'Anglo-Saxon. Quel est, au juste, cet animal mythique, qui est sa Licorne? Il y a toujours, quelque part dans son œuvre, un Anglais ridicule et puissant qui se dresse soudain, au milieu des épaves que nous sommes, comme un phare. Il y a là beaucoup d'admiration rentrée. »

JEAN ÉTHIER-BLAIS,
Le Devoir (21 mars 1970)

*

« ... devant cette œuvre [...], je me sens envoûté comme devant quelque objet, disons, sacré; en exercice de culte; et j'ai écrit à Ferron sur-le-champ après avoir refermé le livre, ne sachant pas trop comment le lui dire, ni m'exprimer sans m'étendre et sans chercher mes mots dont je n'avais que faire après ce que je venais de lire; je lui ai dit par le plus court que c'était un chef-d'œuvre. Qu'est-ce qu'un chef-d'œuvre? La question est oiseuse. En tout cas c'en était un, à mon idée première et qui n'a pas changé. Ce livre me paraissait tout à fait singulier [...]; et, sorte de confirmation par une qualité de singularité d'un autre ordre, n'est-il pas vrai que *L'amélanchier* est également singulier, coïncidence à noter, par rapport au reste de l'œuvre de Ferron ? Une œuvre à part ? D'une émotion particulière advenue comme un don, pour une fois seulement ? Le temps d'entrer dans le temps de Tinamer et d'en sortir, où sans doute, il y avait un grand imprévu attendant la visite de l'auteur.

[...]

[Dans *L'amélanchier*], il n'y a pas seulement l'enfance, il y a l'art, et là-dessus on n'en finirait pas d'évoquer l'écriture, la poésie – la sûreté et la complexité du geste, la beauté de floraison de l'œuvre, riche comme un jardin riche ; et je ne sais quelle gravité dans tout cela et auprès de Tinamer. Ce texte est écrit sur l'infranchissable écran qui nous sépare de la Lumière et qui ne laisse filtrer que ce qu'il faut d'ors pour illuminer les arabesques que nous y traçons pour témoigner d'Elle. »

PIERRE VADEBONCŒUR,
Les deux royaumes

*

« ... *L'amélanchier* est un livre d'une intense poésie. Jacques Ferron, comme beaucoup d'écrivains timides, qui n'osent pas sortir d'eux-mêmes, est à l'aise dans le monde de l'enfance. Dans *L'amélanchier*, il trace le portrait d'une charmante petite fille, tendre, pleine de soubresauts, près de la nature, rêveuse, une Alice au pays des merveilles montréalaises. On ne peut pas ne pas aimer cette enfant, ses parents, le père à la fois sévère et, comme sa fille, rêveur, la mère, toute à ses occupations, à son amour de femme. Nous sommes loin des déclarations délirantes et de l'imagination baroque du *Ciel de Québec*, mais dans un univers souriant, où paraît soudain le fantôme d'un pasteur d'autrefois, amoureux des petites filles, sous les traits de M. Northrop, vieil Anglais. Livre d'illusions historiques et littéraires, livre de lettré, qui sait s'amuser avec les mythes. Livre aussi (surtout?) de poète. Jacques Ferron regarde la nature de la Rive-Sud avec les yeux d'un animal de nos sombres forêts, qui d'instinct connaît toutes les pistes, les odeurs, les bruits de son empire. C'est peut-être cet amour profond de la géographie québécoise qui permettra à Jacques Ferron d'aborder aux rives lointaines, avec sa cargaison de personnages mi-historiques mi-inventés et l'étonnement d'une âme, en dernière analyse, et malgré le cynisme apparent, pure. »

JEAN ÉTHIER-BLAIS,
Le Devoir (12 décembre 1970)

*

« Ferron, est-il seulement besoin de le dire, possède l'art de créer des personnages insolites, mi-fable, mi-réalité. Dans *L'amélanchier*, ses créatures vibrent comme rarement ailleurs. Le souffle poétique les meut, mais c'est une poésie tendre et lucide. Ainsi lorsque Jean-Maurice remplace Tinamer dans les inquiétudes de Léon, la description que Ferron donne des hôpitaux psychiatriques pour enfants (qui serait chez un autre écrivain pure et simple digression) lui permet de se pencher avec sympathie sur ces êtres "tirés de leurs limbes, trop tard, hélas!".

L'Amélanchier, c'est avant tout une histoire vraie, l'histoire de tout enfant qui accède à l'état adulte. Et c'est à la fois plein de promesses et lourd de nostalgie. »

L'Église canadienne

*

« C'est peu dire que j'ai aimé *L'amélanchier*, le plus récent récit de Jacques Ferron. Et pourtant, je n'ai pas eu la tentation, à laquelle je ne résiste jamais, d'écrire tout de suite, lecture faite, l'article enthousiaste dont je pouvais trouver la substance dans les quelques dizaines de notes de lecture que j'avais rédigées en écoutant la petite Tinamer de Portanqueu, l'héroïne, me raconter sa difficulté d'apprendre à vivre la vie si pauvre dans laquelle, si tôt, les enfants sont embarqués, pour ressembler aux autres et qu'on n'en parle plus, pour grossir les rangs des "foqués". Non, je voulais attendre quelque peu, pour seulement comprendre pourquoi *L'amélanchier* m'a pris aux tripes plus qu'aucune œuvre de Ferron, pourquoi les idées (appelons ça, plus simplement, des humeurs) qu'il m'a mises en tête, qui me font croire que *L'amélanchier* est autre chose – nous essaierons de voir quoi – que tout ce que Ferron, notre impitoyable ami, nous avait proposé à ce jour. Ne retournons pas au déluge : prenons seulement *Le ciel de Québec*. Il y avait dans cette chronique romancée finesse et tendresse, comme d'habitude. Mais dans *L'amélanchier*, Ferron, qui ne finit jamais d'étonner, cesse tout d'un coup de mâcher les mots de l'une et de l'autre. Finesse et tendresse sont pures, fraîches, tristes un peu, tout habillées d'une généreuse passion. Carrément : Ferron prend un coup de vieux. En effet, il n'est pas possible de célébrer ainsi l'enfance et ses miracles sans avoir dans sa mémoire actuelle de belles mélancolies.

[...]

Ne cherchons pas, dans *L'amélanchier*, de joyeuses pitreries ; reconnaissons une voix aimée dont le ton, pour dire des choses graves, devient grave. Heureuse Tinamer de Portanqueu, dont le papa "voleur de banques" savait discerner, dans ses voyages des deux côtés des choses, et rapporter dans le joli coffret de l'amour, les éléments fragiles mais probants du plus beau des testaments. »

RÉGINALD MARTEL,
La Presse (11 avril 1970)

*

« Conteur comme pas un écrivain avant lui, intéressant par son originalité, un style vibrant, évocateur. Que c'est beau cette enfance que nous raconte Ferron ! L'enfance vue d'une certaine façon, parfois par le bon côté des choses, parfois par le mauvais côté des choses. Tout tenant à cette lunette fixée à l'œil nu, appoint nécessaire pour mieux voir le merveilleux monde de la lune, du lac Saint-Pierre, du jardin familial, du bois sans issue que Tinamer découvre avec son père.

[...]

Voici un récit qu'il faut lire… pour croire encore à l'enfance. »

Julia Richer,
L'Information médicale et paramédicale

*

« Les années ont passé, *L'amélanchier* surprend encore. Surprise d'abord de constater l'extrême liberté de la construction, autrement dit l'extrême liberté du conteur, puisque ce "récit" est un conte plus long que d'autres contes du même conteur. Jacques Ferron ne bâcle rien, la finesse de l'écriture et la précision du mouvement stylistique en témoignent éloquemment, mais on devine qu'il ne s'embarrasse pas d'un plan ou même d'un schéma rigoureux, qui risqueraient de tarir à sa source une veine spontanée, de laisser fermée une parenthèse intéressante, d'arrêter la flèche du franc-tireur qui a besoin d'une totale liberté de mouvement. Liberté qui pourrait faire dire, s'il s'agissait d'un roman, que celui-ci est boiteux, inégal ou incomplet. »

Réginald Martel,
La Presse (17 juin 1978)

*

« Comme Léon de Portanqueu à l'imagerie biblique, Tinamer emprunte à ces contes enfantins chacun des éléments qui composent son univers magique. Ainsi, sa rencontre avec le lapin lui vient d'*Alice au pays des merveilles*; le "*oh! oh! che naso brutto*", de Pinocchio. Car il faut bien le dire: son conte, Jacques Ferron l'a très habilement manigancé à partir de bien d'autres livres, ce qui en fait un succès d'autant plus singulier : de Proust d'abord (ou contre lui), de Collodi (*Pinocchio*), de Lewis Carroll (*Alice...*) dont la présence dans *L'amélanchier* est si manifeste qu'ils ne sont point nommés ; mais aussi de Cazotte (l'épisode de la cage aux poules), de Mgr Mailhot (la tendre histoire de Hubert Robson et de Mary Mahon) et de Pierre Jaccard (la théorie de l'orientation chez l'enfant) qui sont nommés par Tinamer et dont les ouvrages sont ouverts devant elle sur sa table de travail au moment où elle rédige les "mémoires" qui forment le conte entier de *L'amélanchier*.

[...]

Nous voici devant un fait accompli : le conte de *L'amélanchier* est un univers complet. À ce titre il est à ranger parmi les livres majeurs de notre littérature.

Jacques Ferron en aura écrit trois ou quatre, dont celui-ci, livre d'enfance pour adultes seulement. »

JEAN-MARCEL PAQUETTE,
Livres et auteurs québécois

Sommaire biographique

1921   Naissance, le 20 janvier, à Louiseville, comté de Maskinongé, de Jacques Ferron, fils aîné de Joseph-Alphonse Ferron, notaire, et d'Adrienne Caron. Il est baptisé le jour même ; le parrain est son grand-père, Benjamin Ferron, cultivateur à Saint-Léon-le-Grand, la marraine, sa grand-mère, Victoria Lescadres.

1926   Études primaires à l'Académie Saint-Louis-de-Gonzague, à Louiseville, de septembre 1926 à juin 1931.

1931   Le 5 mars, mort de sa mère.

En septembre, il poursuivra son cours primaire à Trois-Rivières, au Jardin de l'enfance, où il sera pensionnaire jusqu'à la fin de juin 1933.

1933   En septembre, il commence son cours classique chez les Jésuites, au Collège Jean-de-Brébeuf (Montréal). Renvoyé de cet établissement en septembre 1936, il finira l'année scolaire au Collège Saint-Laurent. Admis de nouveau à Brébeuf l'année suivante, il en sera renvoyé en février 1941 et il devra compléter son cours au Collège de l'Assomption.

1941   En septembre, il débute ses études de médecine à l'Université Laval (Québec).

1943   Le 22 juillet, à Nicolet, il épouse Madeleine Therrien, étudiante en droit à l'Université Laval. Le couple aura une fille, Anne, née en 1947, et se séparera en avril 1949.

En novembre, il s'enrôle dans le Corps médical royal canadien.

1945   En juin, il est reçu médecin.

En juillet, il poursuit son instruction militaire, d'abord à Vernon (Colombie-Britannique), puis à Borden (Ontario). Il est affecté ensuite à plusieurs postes au Nouveau-Brunswick et au Québec, avant d'être démobilisé en juin 1946.

1946   À l'été, il choisit d'aller pratiquer sa profession en Gaspésie. Il s'installe brièvement à Petite-Madeleine, puis à Sainte-Madeleine-de-la-Rivière-Madeleine.

1948   À l'automne, il revient à Montréal et ouvre un cabinet de consultation, rue de Fleurimont.

1949   À l'été, il déménage son bureau à Ville-Jacques-Cartier, banlieue ouvrière de la rive sud de Montréal.

En décembre, parution de son premier ouvrage, *L'ogre*, une pièce de théâtre publiée à compte d'auteur aux Cahiers de la File indienne du poète Gilles Hénault.

1950   En mai, il est admis au sein de la Société des écrivains.

1951   Le 2 janvier, il fait paraître un texte à caractère autobiographique dans *L'information médicale et paramédicale*. C'est le début d'une collaboration assidue qui ne prendra fin qu'avec la disparition du périodique, en 1980.

1952   Le 28 juin, il épouse Madeleine Lavallée. Trois enfants naîtront de cette union : Marie (1953) ; Martine, la Tinamer de *L'amélanchier*, (1956) ; et Jean-Olivier (1958).

1953   Parution de *La barbe de François Hertel*, suivie de *Le licou*.

1954   Il est membre de la direction du Congrès canadien pour la paix.

1956   Publication de deux pièces : *Le dodu*, en février, et *Tante Élise*, en décembre.

En octobre, la famille Ferron emménage au 931 de la rue Bellerive (l'une des artères situées dans un secteur baptisé, par un promoteur, du nom de « Domaine Bellerive »), à Ville-Jacques-Cartier, municipalité qui sera fusionnée à Longueuil en 1969.

1957   En septembre, parution du *Cheval de Don Juan*.

Il est élu comme l'un des directeurs de la Société des écrivains canadiens.

1958   Aux élections fédérales du 31 mars, il est candidat du Parti social démocrate (P.S.D.) – qui deviendra le Nouveau Parti démocratique – dans le comté de Longueuil.

En mai, publication des *Grands soleils*, pièce soumise, l'année précédente, au premier concours d'œuvres dramatiques du Théâtre du Nouveau-Monde.

Durant l'année, création à la scène de quatre pièces : *Le licou*, *Le dodu*, *Le cheval de Don Juan* et *L'ogre*.

1959   En janvier, il participe à la création de la revue *Situations*.

1960   Les 25 et 26 mars, *Le licou* est joué à la Maison du Canada, à Paris.

Le 1er avril, il démissionne du P.S.D.

En août, il participe à la fondation de l'Action socialiste pour l'indépendance du Québec.

1961   En janvier et en mars, reprises du *Cheval de Don Juan*.

En avril, création à la scène de *L'américaine*. En octobre et en novembre, il collabore brièvement au quotidien montréalais *Le nouveau journal*.

1962   Le 15 février, parution des *Contes du pays incertain*, recueil qui lui vaudra le prix du Gouverneur général.

Le 20 mai, lancement de *Cotnoir*.

En décembre, il est réélu au conseil de direction de la Société des écrivains canadiens.

1963   Le 19 avril, lancement de *La tête du roi*.

À l'automne, avec des amis et des proches, il crée le Parti Rhinocéros.

Collaboration à la revue *Parti pris*.

Le 18 décembre, publication de *Cazou ou le Prix de la virginité*.

1964   En mai, parution des *Contes anglais et autres*.

1965   En avril, publication de *La nuit*.

1966   En avril, parution de *Papa Boss*.

En mai, il se joint à l'équipe des médecins de l'hôpital psychiatrique du Mont-Providence (le « Mont-Thabor » de *L'amélanchier*), devenu, en 1969, l'hôpital Rivière-des-Prairies. Il y travaillera jusqu'en novembre 1967.

Le 5 juin, il est le candidat du Rassemblement pour l'indépendance nationale (R.I.N.) dans la circonscription de Taillon.

1968   En janvier, création des *Grands soleils* par le Théâtre du Nouveau-Monde. La pièce est présentée dans plus de quarante-quatre villes du Québec, de l'Ontario et du Nouveau-Brunswick avant de prendre l'affiche à Montréal, du 25 avril au 26 mai.

En décembre, lancement de trois ouvrages : le 13, l'édition « intégrale » des *Contes* ; le 17, *Théâtre 1* ; le 19, *La charrette*.

1969   En février, publication, dans les *Écrits du Canada français*, du « Cœur d'une mère ».

Le 30 avril, parution des *Historiettes*.

Le 11 mai, dans l'hebdomadaire *Le petit journal*, il entreprend une chronique littéraire qu'il rédigera jusqu'au 10 mai de l'année suivante.

Le 2 septembre, lancement du *Ciel de Québec*. Adhésion au Parti québécois.

1970   Le 11 mars, lancement de *L'amélanchier* et de la réédition de *Cotnoir*, suivi de *La barbe de François Hertel*.

Le 16 mars, il entre, à titre d'omnipraticien, à l'une des unités de l'hôpital psychiatrique Saint-Jean-de-Dieu, devenu en 1975 l'hôpital Louis-Hippolyte-Lafontaine.

De mars à décembre de l'année suivante, il est le titulaire de la chronique littéraire au *Magazine MacLean*.

Le 10 décembre, lancement du roman *Le salut de l'Irlande*.

Le 28 décembre, il sert de médiateur lors de l'arrestation de Paul et Jacques Rose et de Francis Simard, trois membres du Front de libération du Québec recherchés pour l'enlèvement et la séquestration de Pierre Laporte, ministre dans le cabinet Bourassa.

1971   Le 16 septembre, lancement des *Roses sauvages*.

Le 14 octobre, au réseau FM de Radio-Canada, diffusion de la pièce *J'ai déserté Saint-Jean-de-Dieu*.

1972   Le 22 mars, lancement de *La chaise du maréchal ferrant*.

Du 10 au 24 avril, diffusion du *Salut de l'Irlande à* l'émission *Lectures de chevet*, sur les ondes du réseau AM de Radio-Canada.

Le 10 mai, le roman *Les roses sauvages* mérite le prix France-Québec.

En mai, parution de *Tales from the Uncertain Country*.

Du 14 au 25 août, diffusion de *L'amélanchier* à l'émission *Lectures de chevet*.

Le 29 août, le *Canada français*, un hebdomadaire de Longueuil, publie la première d'une série de chroniques consacrées à la Crise d'octobre.

Le 11 octobre, lancement du *Saint-Élias*.

Le 30 octobre, il est candidat du Parti Rhinocéros aux élections fédérales, dans le comté d'Hochelaga.

Le 23 novembre, la Société Saint-Jean-Baptiste de Montréal lui décerne le prix Duvernay.

Le 30 novembre, lancement des *Confitures de coings*.

Durant l'année, parution de la traduction anglaise de *Papa Boss*.

1973   Le 18 janvier, présentation de sa pièce *Les cartes de crédit*, au réseau FM de Radio-Canada.

Du 24 au 30 mars, lecture de *Papa Boss* au réseau AM de Radio-Canada.

En mai, réédition de *L'amélanchier* chez Robert Laffont, à Paris.

En juin, parution de *Dr. Cotnoir*.

En octobre, séjour à Varsovie, en Pologne, pour assister au Congrès de l'Union mondiale des écrivains médecins.

1974   Le 10 avril, parution de l'essai de Jean-Pierre Boucher, *Jacques Ferron au pays des amélanchiers*.

En mai, la famille emménage à Saint-Marc-sur-le-Richelieu.

Aux élections fédérales du 8 juillet, il est candidat du Parti Rhinocéros dans le comté de Longueuil.

Le 4 octobre, présentation de la pièce radiophonique *Les yeux*, au réseau FM de Radio-Canada.

Du 20 au 23 novembre, le Module de théâtre de l'Université de Montréal joue une adaptation pour la scène de *L'amélanchier*.

Parution de la traduction du roman *Les confitures de coings* sous le titre *Quince Jam*.

1975   Le 28 février, au réseau FM de Radio-Canada, diffusion de la pièce *La Ligue des bienfaiteurs de l'humanité*.

En mai, parution de *Théâtre 2*.

En juin, publication de *The Juneberry Tree* (traduction anglaise de *L'amélanchier*) et de *The Saint Elias*.

En septembre, lancement des deux tomes d'*Escarmouches*.

1976 Au début de l'année, parution de *Wild Roses*.

À l'émission *Un écrivain et son pays*, sur le réseau FM de Radio-Canada, lecture de *Gaspé-Mattempa*.

La revue *Études françaises* lui consacre son numéro d'octobre.

1977 En janvier, parution du recueil *Quince Jam*.

Du 23 juin au 27 août, au Théâtre du Bois de Coulonge (à Québec), reprise des *Grands soleils*.

À l'automne, réédition des *Confitures de coings*.

À compter du 12 octobre, collaboration sporadique à la publication *Le livre d'ici*.

Le 16 novembre, lancement, chez VLB éditeur, de la réédition de *L'amélanchier*.

Le 19 décembre, on lui attribue le prix David pour l'ensemble de son œuvre ; la cérémonie est diffusée sur les ondes du réseau de télévision de Radio-Québec.

1979 *La tête de monsieur Ferron ou les Chians*, « une épopée drolatique » de Victor-Lévy Beaulieu, est jouée au Théâtre d'aujourd'hui, à Montréal. Le texte de la pièce est lancé le 15 mars chez VLB éditeur.

Au printemps, les Éditions France-Québec et Fernand Nathan (Paris) publient *La nuit*.

Le 22 mai, il est candidat du Parti Rhinocéros aux élections fédérales, dans le comté de Mount-Royal.

En septembre, la famille emménage à Saint-Lambert.

1980   Le 18 février, bien qu'il ait abdiqué son poste d'Éminence de la Grande Corne du Parti Rhinocéros, il est le candidat de ce parti dans le comté de Laprairie.

Le 11 mai, il est du nombre des cent cinquante écrivains fondateurs du Regroupement pour le OUI.

En mai, parution de *Gaspé-Mattempa*.

1981   De janvier à novembre, collaboration au *Courrier médical*, publication qui a succédé à *L'information médicale et paramédicale*.

En avril, parution de *Rosaire*, précédé de *L'exécution de Maski*.

En novembre, membre d'honneur de l'Union des écrivains québécois.

Durant l'année, parution de *The Cart*.

1983   La revue *Voix et images* lui consacre un dossier (entrevue, études, bibliographie).

1984   Parution de the *Penniless Redeemer* (traduction du *Ciel de Québec*) et de *Selected Tales of Jacques Ferron*.

1985   Décès de Jacques Ferron, le 22 avril, à sa rési-
        dence de Saint-Lambert.

        En mai, lancement du *Choix de Jacques Ferron
        dans l'œuvre de Jacques Ferron*.

        Le 24 novembre, le Salon du livre de Mont-
        réal lui rend hommage, et VLB éditeur lance
        un recueil de ses *Lettres aux journaux*.

1987   En mai, lancement de *La conférence inache-
        vée / Le pas de Gamelin et autres récits*.